文学少女

渴望死亡的小丑

文学少女绝对不能有半点疏忽，
满脑子想的都是文学，因此变得非常不切实际，
一不小心就不知道会做出什么样的事情，
甚至会让旁人也惹上麻烦。
天野远子

井上心叶
最好什么事情也不要发生，
最好什么人也不会喜欢上，
没有痛苦、悲伤、绝望，只想安稳平凡地生活，
我每天都这样祈求着。

文学少女——渴望死亡的小丑
登场人物
002
天野远子
本日のおやつ
井上心葉
井上心叶
001

004
姬仓麻贵
琴吹七濑
005
003
竹田千爱

一直以来，我过着羞耻的生活。

那天，我，亲手杀了人。
神啊，你再也不会帮我了吧？
真的很羞耻，
活着让我觉得很羞耻。

目录

文学少女

①

渴望死亡的小丑

〔日〕野村美月 著

黄琼仙 译

人民文学出版社
PEOPLE'S LITERATURE PUBLISHING HOUSE

著作权合同登记号：图字 01-2020-1642

图书在版编目（CIP）数据

文学少女. 1，渴望死亡的小丑 / (日) 野村美月著；黄琼仙译. -- 北京：人民文学出版社, 2010（2023.1重印）
ISBN 978-7-02-008240-7

Ⅰ. ①文… Ⅱ. ①野… ②黄… Ⅲ.①长篇小说 – 日本 – 现代
Ⅳ. I313.45

中国版本图书馆CIP数据核字(2010)第149389号

责任编辑　陈　旻
特约策划　李　殷
装帧设计　汪佳诗

出版发行　人民文学出版社
社　　址　北京市朝内大街166号
邮政编码　100705

印　　制　山东新华印务有限公司
经　　销　全国新华书店等

字　　数　110千字
开　　本　787毫米×1092毫米　1/32
印　　张　6.375
版　　次　2010年9月北京第1版
印　　次　2023年1月第3次印刷

书　　号　978-7-02-008240-7
定　　价　49.00元

如有印装质量问题，请与本社图书销售中心调换。电话：010-65233595

我这辈子做了太多丢脸的事情。

觉得自己就像白羊群中那只最不协调的黑羊。

无法跟同伴们一起感到喜悦，一起感受悲伤，吃相同的食物。同伴们内心的感动——爱情、温柔、体贴等等情意都无法理解的悲惨黑羊能做的事，就是对着身上的黑色毛皮撒上白粉，假装自己也是一只白羊。

所以，现在的我依旧戴着面具，继续扮演小丑这个角色。

序章

取代自我介绍的回忆——前天才美少女作家

我这辈子做了太多丢脸的事情。

咦？是谁曾经说过这样的话？

是艺人？运动选手？还是因为贪污遭逮捕的政治家？

算了，别计较了。

我才刚升上高二，就提什么“这辈子”的，未免太夸张了。不过十四岁的我所经历过的事真是惊天动地。就像惊涛骇浪般，搞得我天翻地覆，才短短一年的时间，竟让我觉得自己的人生好像就此结束了。

因为那一年里，我以谜样的天才美少女作家身份红遍全日本，备受瞩目。

事情是发生在我初三那年的春天。

那年我十四岁，但马上就要迎接十五岁了，是个非常平凡的初中生。有朋友，也有喜欢的女生，日子过得很有趣。像是吃错了药一样，我拿生平写的第一本小说投稿参加文艺杂志的新人奖比赛，没想到竟然成为史上最年轻的得奖小说家。

故事内容是位女孩以第一人称阐述故事，加上我又用了井上美羽的女孩姓名为笔名，结果杂志社就以这样的字眼大肆宣传：

“史上最年轻！获得大奖的初中三年级十四岁少女！”

“真实的笔触与细腻的感性铺陈，让每位评审赞不绝口！”

哎呀，真的觉得很丢脸。

“少女作家比较受欢迎，还是以戴着面具的谜样美少女身份推出吧！”(既然戴着面具，怎会知道是美少女?)

在编辑部人员的强力劝说下，只好心不甘情不愿地让得奖作品出版，最后竟然成为畅销书，销售量很快就突破一百万本。之后还改编成电影、连续剧，甚至是漫画，成为热门的社会现象。

我吓呆了。

家人也觉得茫然。

“什么，我们家的孩子竟然……？他只是个平凡的乖小孩。天啊，这是怎么一回事？什么？版税有X亿日元！哇噻！是爸爸年收入的二十倍！”

他们惶恐地这么说着。

搭电车时，可以看到以超大字体印着我的书名的广告，广告牌挂在车厢内；一走进书店，就看到附着美丽书腰的我的作品被摆在收款机前，在收款机前方堆积得像坚固的要塞一样。

“这本书的作者美羽还是个初中生呢！是个怎样的女孩呢?

应该很可爱吧?"

"听说是贵族的后代,是位千金大小姐,所以才不肯公开真面目。"

"一定是从小就在百般呵护中长大,从没拿过比笔还重的东西吧!"

"应该是吧!总之'文学少女'这个名词给人的感觉就是,她一定是位清纯美少女。啊!美羽真是太萌了!好想娶她当新娘……"

每当听到这些话语,就会觉得羞愧万分,羞到连呼吸都要停止了。

对不起,请饶了我吧!那只是我一时的突发奇想,根本不是什么了不起的东西。那是我上课时在笔记本上乱写的东西,结果却阴错阳差得了奖,真的非常过意不去。什么细腻的感性铺陈,根本是胡说八道。那不过是个乳臭未干的小男孩无聊时的喃喃自语。这一切都是评审老师们的巧心安排罢了。如果让一位十四岁的女孩获得文学奖,一定很有趣吧!这么一来就可以制造话题,也可以刺激低迷的出版业吧!书籍畅销,出版社也会很高兴的,不过就是这样的思维罢了。大家都鬼迷心窍了。我根本就没什么才华,请大家饶了我吧,求求你们。

我怀着想在全国各地低头认错的心情,最后还发生这样的事——因为压力过大导致罹患气喘,在学校昏倒被送进医院,还不顾颜面地啜泣哭喊:"再也无法写小说了。"后来还拒绝上学,让爸爸、妈妈和妹妹都很担心。

那真是羞耻的一年。

因此,戴着面具的谜样天才美少女作家井上美羽只写了一本书，就从此销声匿迹，我就跟一般的初中生一样，接受高中联考，顺利成为高中生，也因为这样让我认识了真正的“文学少女”——天野远子学姐。

可是，为什么我会再度拾笔写作？

因为那一天，在闪闪发亮的白色木兰花下，我邂逅了远子学姐。

第一章

远子学姐是位美食家

“葛里克(Paul Galico)的小说充满冬天的气息。就像新雪在舌头上悄悄融化般,那股冰凉与虚幻交错的感觉,将心灵洗涤得澄澈清净,那样的美,又带着一股感伤。”

远子学姐翻阅波尔·葛里克的短篇集,发出叹息声。

我们所属的圣条学园文艺社就位于四楼校舍的三楼西侧角落。

每当太阳下山,夕阳就会照射进来,整个教室就像是流入了蜂蜜似的被染成一片金黄。

原本当成置物箱使用的厚纸箱被摆在墙角,堆得很高,正中央有张老旧的榉木桌。另外还有两个铁制书架和一个柜子。这些地方都已摆满书籍,其他放不下的旧书还随处堆栈在每个角落。如果发生地震,用书堆成的塔楼一定会倒,然后把我们埋在书堆里,最后窒息而死吧?

在充满旧书与尘埃气味的狭窄教室里，远子学姐屈膝坐在椅子上。

百褶裙里的春光好像就要外泄，但又看不清楚，不过只要她的双脚一动，好像就会完全曝光，那样的姿势确实不雅。

学姐将白皙的脸颊靠在屈起的膝盖上，双手抱膝，用她纤细的手指小心翼翼地翻页。

乌黑的刘海披垂在雪白额头上，长长的发辫从肩膀垂落到腰间。因为肌肤非常白皙，使头发、睫毛和瞳孔更显得黑亮。

远子学姐不说话的时候，感觉非常优雅，美得像洋娃娃。

但是……

远子学姐的纤白手指慢慢撕破书页，然后竟然放进嘴里含着，像山羊般发出唶唶的声音，开始咀嚼起来。

（天啊，她在吃纸……她吃下去了。这副景象看再多次还是觉得很不真实。）

吞下去了。

喉咙发出细微的吞咽声，当学姐将纸张吞下去之后，又再撕下一页来吃，原本冷漠的表情瞬间变得充满幸福的感觉，眼角下垂，露出甜美的微笑。

“还是葛里克最美味！嗯，葛里克啊！他是纽约出生的作家，电影《海神号》、儿童文学《Mrs. Harris》系列固然有名，但是我认为他最棒的作品是《The Snow Goose》（《雪鹅》）！住在沼泽附近灯塔里的孤独作家拉亚达，与抱着一只受伤白雁现身的少女弗莉丝，两人以宁静哀伤的方式进行心灵沟通！彼此都怀抱着无限深情与体贴之心，但是从不交谈！唉，多么清纯的恋情啊！

“你知道吗，心叶君，不可以什么事都聒噪地说出来，真正重要的想法，到死为止都得保存在心底深处哟。闭口忍耐的时候，才能体会哀伤美丽的气氛吧！每次我看到最后的结局，都会大哭一次。葛里克的小说可以冷却发热的心，就像能疗愈人心，最高级的美味冰果冻般。那种润喉滑顺的口感，让人无法招架。《珍妮》和《一片雪》也一定要看！译者则是推荐矢川澄子小姐！”

我将五十张订成一沓的稿纸摆在凹凸不平的桌子上，用 HB 铅笔写下了三个主题的故事。今天的题目是“初恋”“草莓大福”和“国会议事堂”——总觉得是些乱七八糟的题目。

我低着头，开始振笔疾书，一边冷静地吐槽了学姐这句话。

“因为远子学姐是妖怪，就算吃了文字以外的食物，也吃不出冰果冻是什么味道，应该无法做比较吧？”

我话才说完，远子学姐便气得鼓着腮帮子。

“当然可以。我可以用想象力弥补这个缺点。啊！冰果冻的味道，就是那样的滋味。还有，你说我是妖怪，这是歧视用语。我只是个想将这世上所有的故事或文学全部吞食进去，对文学有着深切且激烈爱意的普通高中生，一个平凡的文学少女。”

“我想一般的女高中生不会突然撕书，然后像享用美食般陶醉地吞下去。至少在我这十六年的生涯中，还未听说过有像远子学姐这般稀奇古怪的女高中生。”

远子学姐更生气了，腮帮子胀得更大，大声吼叫着。

“你太过分了！竟然当着女孩子的面说她稀奇古怪，真的很过分！我好伤心。心叶君，你明明有着一张好像会替家里的玫瑰花取名为南希或贝蒂然后细心呵护养育的温柔长相，却对学姐说出这样的话。”

“到底是谁不体贴啊?”

远子学姐很不满地说着“啊什么嘛!”,但是马上又调整情绪,砰地一声从椅子上跳下来,露出撒娇的神情,朝我走来。

“算了。我的心就像仙女座大星云般宽广,就算傲慢自大的学弟对我说了一两句不礼貌的话,我也不会放在心上。对了,‘点心’做好了吗?”

她真是一条肠子通到底的人,此刻的声调已经变得十分欢愉。如果她是猫,喉咙应该会发出咕隆咕隆的声音吧?

就读高三的天野远子学姐是文艺社社长,是个喜欢吃故事的妖怪。

她会把书页或写在纸上的文字当成水和面包一般津津有味地吃下去。

一年前,我莫名其妙地被这位扎着麻花辫的文学少女强拉进文艺社。从此以后,只要一放学,她就央求我道:“我肚子饿了,快写些东西吧,写嘛……”于是我就胡乱写了一些诗或文章。

现在我已升上高二,时序也进入五月,但文艺社的成员还是只有社长远子学姐跟我两个人。前几天,远子学姐终于按捺不住,因为一直招不到高一新生入社,她将不合时宜的招生宣传单塞给我,对我说:

“心叶君,这是社长命令。这些就拜托你了!”

我只好硬着头皮,红着脸,站在校门口发传单,但还是没有新社员肯加入。

可能是我注定要跟这位怪学姐一起继续撑起这个文艺社吧……?

原本已经下定决心，不再写小说的我，为什么会加入文艺社呢？我明明已经对写作这件事感到厌烦了。

这是因为，帮这个奇特的妖怪学姐撰写点心之类的文章已不再是奇怪的工作，而是变得理所当然……

远子学姐从口袋取出银色秒表，凑到我眼前。

“你看，你看，只剩下五分钟。为了尊敬的学姐，请写出超级美味的点心！葛里克的故事内敛沉稳，利落清爽，所以这一次啊——最好是甜美温馨的故事。哀凄的故事固然美丽，不过恋爱小说还是要搭配快乐结局才好。千万不要有主角因白血病或心脏病死亡、搭飞机出事、被草莓大福噎死等情节。”

我想好了。

决定改变路线。

我就来写男主角在国会议事堂前巧遇初恋女友，结果这女子被凭空而降的草莓大福盒子打到头，不幸意外死亡的故事吧。

远子学姐手托着腮帮子，撑着桌子，对着我微笑。

她乍看之下是个沉稳优雅的美女。但是当她等待正餐或点心时就会完全露出贪吃鬼的本性，看起来就像个孩子。黑色的瞳孔因期待而闪闪发光。

“呵呵，手写的文章是我的最爱。透过书本阅读森鸥外或夏目漱石的文章，是种品尝熟透水果的味道。不过外行人的文章也有着新手生涩清纯的味道与特殊魅力。尤其是手写的文字，就好像用手掌舀起清澈小河流水啜饮般，让人有种沁凉的感觉！还有，又好像含着刚摘下来的西红柿或黄瓜一般清爽甜美！虽然有点泥土的味道，但还是超、超、超美味！”

我写的文章是西红柿或小黄瓜吗……？

如果我现在告诉她，我就是两年前那位获得新人奖的谜样美少女畅销作家，她会露出什么样的表情？

当然，那件事我是一辈子都不会提的。

“你看，还剩两分钟。进入最后冲刺期，加油。”

远子学姐出声为我加油。她歪着纤细的脖子，双眼上吊，很高兴地仰望着我。

学姐，你想得太美了，我是不会如你所愿的。

就在那个时候。

“对不起！哇啊！”

门打开的同时，听到砰砰的声响，有个人在我眼前跌倒。

跌在地上的女孩，学生服裙子往上掀起，露出印有小熊图案的内裤。

当我还在想，这个人跟我今年才就读小学的妹妹穿同样款式的内裤时，她已经边呻吟边站了起来。

可是，她张开的手碰到高耸的书堆，所有的书都掉下来，又将她的脸打回地板上。

“啊！”

砰咚！

“呜……啊、啊、鼻子……我的鼻子……”

那女孩用手压着鼻子，身体微微发抖，远子学姐见状，赶紧跑了过去。

“心叶君，你不准看！”

学姐说完，迅速将那女孩的裙子拉好，可是我早就看到了。而且我也不是看到小熊内裤就会兴奋的特殊癖好者。

“你还好吧?”

远子学姐扶着她的肩膀,想帮她站起来,那女孩依旧蹲卧在地,似乎觉得很丢脸,满脸通红。

“啊,我没事。对不起。我常常跌倒。我的专长就是会无缘无故地跌倒。我已经习惯了,请你们不要在意。”

我想那应该不叫专长吧。

“对不起,我是一年二班的竹田千爱。今天有一件超级重要的事要拜托你们,所以才来到文艺社。”

她顶着一头及肩的蓬松发型,个子娇小圆润。看起来就像迷你狮子狗或小长鬈毛犬。

难道她想加入文艺社?莫非远子学姐叫我发的传单奏效了?

如果真是那样就好了。有新生加入,我就可以叫她负责为远子学姐做点心。

当我这样期待时,竹田同学双手紧握,以坚定的口吻说:

“请你们帮我成就爱情!”

我当场呆住。

“我们可是文艺社耶!”

竹田同学看着我,很用力地点头。

“是的!我看到信箱了。”

“信箱?”

我不懂她在说什么。

“就在中庭角落的树旁,不是有人偷偷在那里摆了一个信箱吗?上面还写着‘帮您成就爱情。需要的人请写信来。by 文艺社所有成员’，我第一眼看到时简直震撼极了，觉得这是上天在帮我的忙。因为我等不及写信了，所以马上就飞奔过来。”

我愣了一下，但马上就明白这是怎么一回事。

“远子学姐！”

会做这种事情的人，除了学姐之外别无他人。

远子学姐将手搭在竹田同学的肩上，面带笑容。

“嗯，你来得正好。我是社长天野远子。一切都交给我们吧！”

我站起来，在远子学姐身后大叫。

“请等一下，你说我们，是连我也算进去吗？”

“当然，所有文艺社的成员要使出浑身解数，当千爱同学的恋爱顾问。”

“千爱很谢谢你们！”

“这不是在开玩笑吧——我的天！”

“不过呢，你要先答应一个条件。”

远子学姐伸手遮住我的嘴巴，以意味深长的表情对千爱同学说：

“千爱同学恋情成功那一天，我希望你能将整个经过仔细叙述下来，写成一个爱情报告给我。”

“什么？要写报告？我最怕写作文了。”

“别担心。只要将发生的事以及你的感受真实地记录下来即可。比起使用各种技巧写成的文章，平常不写文章的人费尽心思所撰写的真实文字，反而更能感动人心！不是像记流水账般，讲些无聊的经过，而是以写报告的方式记录。还有，不能用计算机打字，一定要用报告用纸或稿纸‘亲自手写’。要遵守约定哦！”

远子学姐用她纤细的手指抓着竹田同学的手指，很高兴地拉勾勾。

这才是你真正的目的吧？

远子学姐光是靠我写的点心还无法满足嘴馋，因此她才摆了那个恋爱咨询信箱，想从咨询者身上榨取爱情报告。

平常如果有奇怪的想法，一般人都是想想就算了。但是远子学姐一定会付诸实践，这就是她的原则。

因此，一定要看紧这位文学少女。

因为脑子里装的都是文学的东西，远远偏离了现实，只要一个不注意，就不晓得她会做出什么样惊天动地的事，而且还会平白无故地将第三者卷入其中。

"好的，千爱会努力写出很多报告的。"

竹田同学的个性非常率直（如果不是这样的话，就算看到了那么奇怪的信箱，也不会直接就跑来拜访这个奇怪的文艺社吧），她的双眸闪闪发亮，很热情地抬头望着远子学姐。我想她已经将学姐当成值得信赖的好姐姐了。

远子学姐挺起她那推测应该只有 A 罩杯的扁平胸膛，趾高气昂地说：

"没问题，我们一定会服务周到。我们是研究古今中外恋爱小说的爱情专家，还是写文章的专家。为了千爱同学，我们会帮你写出最棒的情书。就由这位井上心叶君负责。"

"什么！"

因为远子学姐对于文学美食那种永无止尽的欲望早已让我厌烦，我决定装作什么事都不知道，但听到她这么说，我又被吓到了。

"'本社王牌的心叶君'会负责帮你写情书,保证会打动你暗恋对象的心。"

"远子学姐!你又在胡说八道什么?我从没写过情书啊!"

不过最后我一定还是会被远子学姐捂住嘴,只能一脸不悦地听她安排吧。

"'已经写过好几百封情书,堪称恋爱文学专门作家的心叶君'也会说交给他就好的。心叶君曾参加安达太良恋爱文学巡回赛,他可是一路过关斩将,获得最后优胜的强手!"

又在胡说什么?那是连当地居民都没听说过的二流文学巡回赛吧。

"哇,好厉害哦!有这么棒的作家为我写情书,我真的很高兴。"

都说了我才不是作家!

不对,我的确是当过作家……而且还是畅销书作家……可是!现在的我只是位普通高中生,只是负责为远子学姐制作点心的工人,怎么可能当枪手帮人家写情书啊?

可是,就在我想东想西的时候,所有的事都敲定了。

"心叶学长,就拜托你了!"

"嗯,绝对没问题。是不是,心叶君?"

最后我真的要扮演女生的角色,负责写情书。

P.S.

竹田同学离开后,远子学姐开始啃食我所写的三个主题故事,露出快要哭出来的表情。

“讨厌，怎么会这样！初恋情人竟被掉落的草莓大福盒子砸死了。我不要！好奇怪的口味。好像豆腐味噌汤里浮现红豆馅一样。呜，我想吐，好难吃唷——”

第二章

这个世界上最美味的故事

我第一次察觉到自己的异常，就是对我疼爱有加的奶奶去世时。

记得当时奶奶因为心脏病发作而必须卧病在床，但每当我到床畔探望她时，她都会摸摸我的头说："你真是个乖孩子。"然后露出满意的表情，将眼睛眯成细线。

可是，我并不像奶奶所想的，是个单纯乖巧的孩子。奶奶那双骨瘦如柴的手、满是皱纹的脸、一头蓬乱的白发、身上散发出来的药臭味，都让我觉得厌恶至极，感觉非常恐怖。

"你真是个乖孩子。"

每次她用沙哑的声音在我耳畔低语时，我就觉得自己好像被人下了符咒般，脖子变僵硬，全身起鸡皮疙瘩。

如果奶奶知道我不是乖孩子，知道我其实很讨厌她的话，奶奶一定会马上站起来，白发像母夜叉一样整个竖起来，双眸冒出红色火光，将我吞下去。我很怕发生这样的情况，每天晚上都吓到冒冷汗而失眠。

因此，我更加小心翼翼，不让奶奶看穿我的心，更努力装成乖孩子，每天负责送三餐给奶奶，还帮她擦汗，不辞辛苦地照顾奶奶，甚至会将脸贴在奶奶胸前，向她撒娇说“我最爱奶奶了”，或者是亲吻奶奶的脸颊。

年迈的奶奶双颊肌肤干得跟枯叶一样，还有一股我最讨厌的药味。我很怕奶奶的病会传染给我，每一次都会马上冲进浴室，拼命地漱口、刷牙，最后还把嘴唇弄破，渗出血来。这时我就觉得自己真是个很会说谎的坏小孩，喉咙在发抖，整张脸都热起来了。

有一天，奶奶的身体变得冰冷，再也不会动了。

“你真是个心地善良、乖巧的好孩子。”

奶奶一边自言自语，抚摸我的头发的手突然垂下去，脸色变得像蜡烛般惨白，可是我一点感觉也没有。我只是抛下气绝的奶奶，独自跑到公园玩。

我直到傍晚才回家，一进家门，妈妈就紧紧抱着我，告诉我：“奶奶死了。”但是当时我的心境就像杳无人迹的森林般，异常宁静。

几天后，就是举办奶奶葬礼的日子。在那期间，我没有流过一滴眼泪，所以大人们在一旁窃窃私语地说：“一定是因为年纪还小，不晓得自己最爱的奶奶已经离开人世，真是可怜的孩子啊！”

当我听到大人这么说时，突然觉得很羞愧，耳朵整个发热，无法抬起脸注视前方。不过这并不是因为奶奶的死让我感到悲伤，而是觉得自己的行为太恶劣了。

从小，我就是那样的个性。

(真是伤脑筋！情书该怎么写?)

隔天课堂上。

我因为生平第一封情书而陷入苦战,一边在笔记本掩饰着的稿纸上打草稿,一边烦恼苦思。

片冈愁二学长

冒昧写这封信给你,深感抱歉。

我想你一定会大吃一惊。

我是在今年春天进入圣条学园就读的新生,一年二班的竹田千爱。

千爱的发音是CHIA。

放学时偶然在弓箭社看到愁二学长射箭的英姿,让我觉得你很棒,爱慕之情也因此油然而生。

(嗯,不行,语气很僵硬。)

致愁二学长

你好！这是我第一次写信——

我叫竹田千爱。就读一年二班，学号是十一号。巨蟹座B型女孩。

朋友都叫我千爱或小千。

虽然很唐突，但我还是要告诉你，我喜欢上学长了！

哇，好害羞哦！

（……这么写的话好像是我比较丢脸，而且会让人觉得很笨。）

我就这样一直红着脸，不晓得重写了几次。

我到底在干吗呀?

远子学姐还自以为是地这样对我说：

“你的文章性感不足。这是个好机会，你就好好练习吧！你就想象千爱的心情，写出充满恋爱少女甜美青涩情怀的情书。会让人觉得这个世界闪闪发亮，幸福到招架不住，就是那样的感觉。这么一来，收到这封信的人，就会觉得这真是个可爱的女孩，再想到自己被拥有如此美丽心灵的女孩爱慕着，绝对会感动不已。”

真受不了。既然这样，就由远子学姐代为执笔好了。

“我只负责吃。”她大言不惭地这么说，轻轻地笑了。

黑板上画了DNA的螺旋图，满头白发的生物老师以念经的语调解释染色体和遗传基因怎样怎样的。

圣条学园是所升学学校，大家都很认真地写笔记，教室里都是老师的说话声，以及大家奋笔疾书的沙沙声响。不过，也有人没有认真听课，将双手伸在桌子底下玩手机。

（不过，应该不会有人边听课边写情书吧？因为现在已经不流行写情书了，大家不是都写电子邮件吗？）

我一意识到自己在上课时写情书这件事，脸上就红得像是火烧。

（不对，不是这样。这不是我的情书，这是竹田同学的情书。喜欢愁二学长的又不是我，是竹田同学啊……啧，我这是在跟谁解释啊。）

那么就照远子学姐的建议。我就试着想象千爱的心情写写看吧。

于是，我的脑海里浮现出因为有心仪对象，满脸喜悦的竹田同学的脸。

——千爱心仪的对象是片冈愁二学长，他是弓箭社三年级的学生。刚进这所学校时，到每个社团参观，结果在弓箭社练习场看到愁二学长射箭的英姿。愁二学长双手紧拉着弓，以认真的眼神注视靶心。在那一瞬间，我的视线就跟空气一样，完全冻结了，再也无法移开。我停下脚步，屏息注视着。

其实，在那之前发生了件不好的事，心情非常失落。

可是，就在看到愁二学长侧脸的那一刻，所有忧愁如同烟消云散般，全部消失不见。当愁二学长射出的箭正中红心时，我的心脏好像也一起被射中了。

接着愁二学长就像小孩子般纯真温柔，露出甜美的微笑。天啊，这是我所见过最棒的笑容！于是我喜欢上愁二学长了。

因为我是运动白痴，无法加入弓箭社，但会经常到练习场偷看愁二学长。我听到社团的人叫他片冈、阿愁或小愁，于是知道了他的名字。平常时候的愁二学长感觉非常随和风趣，跟正经八百的外表不一样，总是喜欢搞笑，逗得大家哈哈大笑。

不过，当他射箭时，就会露出认真稳重的表情。没有射箭的时候，完全是谈笑风生，一旦射起箭，表情便会严肃到让人有点害怕，可是，没有射中靶心时，他就会“啊”地叫一声，然后腼腆地笑。如果射中靶心，就会像孩子般高兴地跳跃大叫道:“我射中了。”

愁二学长射箭时，脑子里都在想些什么呢? 我一直想着这个问题，整颗心因此塞满了愁二学长，我想知道更多与愁二学长有关的事，也希望愁二学长能知道有我这个人。

只要一聊到书本，远子学姐就会滔滔不绝说个不停。而竹田同学提到愁二学长之时也毫不逊色。

圆鼓鼓的双颊泛着红晕，双眸闪闪发亮，打从心底真正感到喜悦与幸福，兴高采烈地一直谈论着有关愁二学长的事。

大概就是这样吧……竹田同学是多么喜欢愁二学长——我至少也要将这样的感觉确切地表现出来才行。如果我写的情书害竹田同学失恋，我一定会天天做噩梦……

翻开新的稿纸，我尝试着将竹田同学的心情一点一滴地记录下来。

希望愁二学长能够认识我。

我想知道更多关于愁二学长的事。

所以，我提起勇气，写了这封信。

……

……

“写好了，这个给你。”

放学后，我将报告用纸折成四折，交给竹田同学。

“我没有打草稿，只是利用午休时间随便写写，不敢保证多完美就是了……”

“哇，谢谢你！”

竹田同学高兴地跳起来，满脸喜悦地收下我写的情书。

“哇，有三张耶！短短的午休时间就能写这么多？真不愧是文艺社的王牌。”

“你……你过奖了。”

“嘿嘿，我可以念出来吗？”

竹田同学正打算掀开稿纸，我赶紧阻止她。

“哇，不行！不能在这里念！”

“有什么关系，我也很想看看到底写了什么。这可是心叶君使尽浑身解数写的情书呢。”

远子学姐恶作剧似的笑着，想要走到竹田同学身边偷看情书内容。

我马上站在她们中间。

“不行！绝对不行！”

“好啦，我知道了。那么我先走了。我要赶快回家，将心叶学长写的情书重誊一次。我已经买好信笺。是淡淡的粉红色，上面印满了樱花花瓣，很可爱呢！”

“嗯，很好！你赶快走吧！”

我拼命地将竹田同学赶回家。

“再见，加油哦。”

“好，真是麻烦你们了。”

“别忘了写报告哦……”

“我知道了……”

竹田同学挥舞握着信纸的手，开心地回应着。

途中她又跌倒了，但马上站起来，很不好意思地笑了两声，然后就走了。我则是在一旁胆战心惊地目送她离去。

“啊，我还是很想看看里面到底写了什么，那可是心叶君花了三天时间酝酿出来的情书呢。”

看到远子学姐抱膝坐在椅子上，眯细眼睛望着我，害我的耳朵顿时开始发热。真糟糕，我又被她看穿了。

“不行。如果交给远子学姐，你一定又会想尝尝是什么味道，整个吃进肚子里。”

我故意以嘲讽的语调说，所以远子学姐不高兴地撅起了嘴。

“哼，我才没那么贪吃呢！”

然后她将双颊贴在膝盖上，以恍惚的眼神望着前方。

像猫尾巴的细长麻花辫就从她单薄的肩膀轻轻往下垂落。

“不过，还是情书的感觉最好。那一定是甘甜、诱人的幸福滋味。呐，你觉得世界上最美味的故事是怎样的呢，心叶君？”

“我也不知道……”

远子学姐微笑着。

“我会认为那是最喜欢的人，用尽心思写给我的情书。因为那可是世界唯一，只属于自己独有的重要宝贝呢。”

说完，学姐脸上露出有点腼腆的甜美笑容。

“可是这么一来，可能就会因为太珍贵而不敢吞下肚了。嗯，那可真是伤脑筋。世界上最美味的食物就摆在眼前，却不能吃，多痛苦啊。”

学姐用手指按着额头一脸烦恼的模样实在太有趣了，我忍不住笑出声来。

“那种事是不可能发生的。我敢跟你赌一套夏目漱石全集，你一定忍不了一个晚上就会把情书吞下去的。”

“啊，太过分了！你真的很过分。一点都不贴心！”

远子学姐拗着脾气坐在椅子上，转身背对我，直到我后来再写点心文章给她，她的心情才变好。

“气死我了，下次我要在笔记本上写你的名字一千遍，然后将纸撕破，全部吃下肚，我要诅咒你。”

“远子学姐，别再耍孩子脾气了啦。”

隔天午休时间，竹田同学踏着轻快的脚步，来到班上找我。

“请问心叶学长在吗？”

教室里立刻一片哗然。

我赶紧站起身来。

“啊，心叶学长！”

竹田同学朝我挥手，我顿时成为班上同学的注目焦点。

“竹田同学，你来这里。”

“啊？什么？好的。”

我快速转到走廊角落，来到没有人的地方，问她有什么事，她满脸笑容地看着我。

“我今天早上在上学途中等候愁二学长，已经将心叶学长帮我写的情书交给他了。”

“啊，真的吗？”

动作未免太快了。不管从哪方面看我都是个很不积极的人，所以像她如此有行动力的人，我真的很佩服。

“当时我的心脏都快跳出来了。我对愁二学长说‘请你一定要看’。然后就交给他，接着拔腿就跑了。后来朋友的声音、老师的声音，我全都听不见。愁二学长应该已经看过了吧，他会怎么想，当时我满脑子都在想这些问题。”

“后来怎么样？”我忍不住紧握着冒汗的双手。

“觉得胸口很涨，便当也吃不下，就到弓箭社练习场。结果发现愁二学长就在那里……”

“然后呢？”

竹田高兴得满脸通红，比出胜利手势。

“他很高兴地对我说，谢谢我写信给他！他说虽然没办法立刻跟我交往，但是可以先以学长、学妹的身份轻松地相处看看。”

“这样不是很好吗？”

我也跟竹田同学一样，觉得心脏都快跳出来了。

“是的！愁二学长说他生平第一次收到这么可爱的信，非常高兴。这一切都要感谢心叶学长。你真不愧是安达太良恋爱文学巡回赛的最后优胜者！”

“哈哈哈，我只是利用午休时间随便写罢了。”

“不，愁二学长看了信以后，整个人变得活力焕发。所以，我答应他，以后每天都会写信给他。”

“什么？”

我忍不住叫出来。

每天写信……？

“心叶学长，这次真的要拜托你了。利用午休时间就可以写出那么棒的情书，我想你绝对没问题的。”

她用充满信赖与尊敬的语气说，同时双手紧紧握着我的手。

隔天第一节下课时，竹田同学就跑到我的班上。

“心叶学长，早安！昨天的信愁二学长也好喜欢。心叶学长真的很厉害，简直就是天才，你未来绝对会是个大作家。”

“哈、哈哈……你过奖了。来，这是今天的信。”

“哇，谢谢你。下一堂是数学课，我会找时间誊写。希望愁二学长会喜欢。”

“是啊……”

我的笑容似乎有点勉强。

远子学姐嘿嘿地笑着说我是自作自受。

“这么一来，你就得奉陪千爱到最后了吧，大文豪？”

学姐一手拿着文库本，盘坐在椅子上，用她那双澄澈的黑色眼眸斜看着我。

她手上的是美国作家菲茨杰拉德的《了不起的盖茨比》。

“真要算起来，一开始不是学姐你硬把我塞给竹田同学的吗？

在学校后院非法架设那种奇怪信箱的明明就是你吧?”

“我没有硬把你塞给千爱,我只是向她推荐你。我只是说:‘如果是心叶君,一定能为你写出很棒的情书,他会亲自跟你讨论的。’还有……”

学姐将瘦弱的身躯往前倾,椅子发出吱吱声响,她鲜红的嘴唇露出微笑的形状。

“说什么利用午休时间随手写写,那可不是我说的,是你自己吧?”

“哼!”

我无话可说了。远子学姐表情陶醉地闭上眼睛。

“啊,千爱的恋爱应该很顺利吧!千爱会写出什么样的报告呢?应该就像涂满了鲜奶油的草莓蛋糕吧?还是加了少许柳橙酒,有点酸酸甜甜的巧克力?在松绵的海绵蛋糕上涂满蛋奶酱的千层糕口味也不错。”

她满脑子又在想甜点的事。可能想着想着肚子饿了吧?学姐又将《了不起的盖茨比》撕破,开始吃了起来。

“嗯!真好吃。菲茨杰拉德写的文章味道豪华极了。虚饰、荣光,以及热情舞动的华尔兹,就好像在派对中品尝光亮的鱼子酱和香槟酒般。放进嘴里,用牙齿一咬,纤细的薄膜就破掉了,洋溢着香气的液体就在舌头上转动。真想以我真诚的心意,为主角盖茨比加油。”

那个男主角盖茨比的旧情人黛西是有夫之妇,他不是被她甩了很多次,最后对爱情感到破灭吗?怎么会是豪华美味?应该是充满哀愁才对吧……算了,每个人的文学感受都不一样……

“啊!”

远子学姐突然大叫，声音听起来像是世界末日到了似的。

接着她双眉下垂，苦着一张脸。

“怎么办，这本书是向图书馆借来的，我竟然把它吃掉了……”

在我陪着远子学姐到图书馆道歉说书本“不小心摔到所以破了”（远子学姐说一个人去很丢脸，硬要我陪她）的隔天，竹田同学也跟往常一样，跑到教室找我。

“你跟愁二学长进展如何？还没谈过要开始交往的话题吗？”

我们走出教室，站在走廊上说话。

“哇，想不到你会担心我，真的很谢谢你。心叶学长真的好体贴哦！”

我脸红了。不，不是那样的……因为我不想再写信了，所以希望他们赶快变成男女朋友，就不用再写信了……

“其实，因为有心叶学长帮我写信，我和愁二学长的距离更近了，现在就只差那么一步，我有预感这段恋情会成功。”

“是吗？那你就要主动推他一把啊！”

我鼓励着她。竹田同学也深有同感，点头如捣蒜。

“是的，我会催促他的。我也遵守约定，开始在写报告了，你看！”

说完，她很高兴地将抱在胸前的笔记本秀给我看。那本笔记本的尺寸大约只有教科书的一半大小，封面印着一只黄色小鸭。虽然她说自己的文笔不好，但现在却觉得她冲劲十足。

“虽然有点不好意思，不过记录喜欢的人的事真的很快乐。不过，如果就这样直接让学长看，你一定会觉得我老是在写些无聊的事。因此我还要重看一次，重新誊稿。”

note
BOOK

“对了，照这冲劲看来，说不定以后你可以自己写情书了？”

竹田同学用笔记本遮着脸，直摇头。

“不行，那太丢脸了。可是，你说得也没错，我的确很想亲手写信给愁二学长。不过在那之前，还是要拜托心叶学长帮忙。”

唉，我还要继续当情书代笔人吗？

就在那时，竹田同学突然以不安的眼神看着我。

从笔记本边边露出的脸蛋好像突然失去了自信。

“嗯……我是不是让你觉得困扰？”

我暗自一惊。

“怎么会？才没有这种事呢！我是很乐意为你写情书的哟，哈哈哈。”

最后还是口是心非了。

听到我这么说，竹田同学又露出纯真的笑容。

“太好了！那么，明天也要拜托你哦！”

她又恢复活力，挥舞着双手，好像又要跌倒般，很高兴地离去。

唉，我真是个伪善者。

当我垂头丧气地回到教室时，男同学纷纷嘲讽我“女朋友天天来看你哦”、“这么快就钓到高一新生，看不出来你这么行耶”。

“什么嘛，事情才不是你们想的那样啦。”

我边笑边试着转移话题。

我不希望行事太过张扬，引起别人反感。因为太突出而要背负多余的风险，这种事我也敬谢不敏。就算是天上掉下了礼物，我也没有洒脱到会理所当然地厚着脸皮收下。我只是个平凡人。

当我回到座位，感觉到有人在瞪我。回头一看，真的有位女同学在瞪我。

她是琴吹七濑。

她的头发染成咖啡色，显得十分与众不同。五官立体鲜明，长得就像都会区的摩登少女，拥有直言不讳的个性，在班上是个颇为抢眼的女同学。

常听男同学这么形容她——琴吹啊，虽然脾气不太好，不过长得蛮正的。

她好像不喜欢我。我之所以会这么想，是因为自从四月跟她同班以来，她总是以冷冷的眼光看着我。

我不记得自己犯了什么错，要让她气到瞪我。啊，对了，昨天……

我在发呆的时候，琴吹同学板着脸向我走来。她伸出右手，语气粗鲁地对我说：

“给我四百六十日元。”

“什么？”

“昨天‘不小心摔到所以破了’的那本书的赔偿金。学校不是有规定吗？如果将借来的书本弄丢或破损，必须予以赔偿。”

“可是，昨天你不是说没关系吗？”

昨天我陪远子学姐到图书馆致歉时，坐在柜台的竟然是琴吹同学。

我在心里暗自叫苦，为什么偏偏是琴吹同学当班，这下子事情便不是那么轻易就能解决了，虽然琴吹同学当时也是板着脸，态度不太和蔼，但是她说：

“你不是故意弄破它，这也是没办法的事，以后请小心一点。”

很干脆地就放过学姐一马。

可是现在为什么还要讨这四百六十日元？而且还是跟我要？弄破书的人（不，应该说是把书吃下去的人）是远子学姐啊！

我才说完，琴吹同学就挑起双眉，凶巴巴地对我说：

“我总不能向那位天野学姐要赔偿金吧？她可是图书馆的大户，书摆在哪里，她知道得比馆长老师还清楚。而且很多图书委员都受过她的照顾。我还是高一时，不晓得书摆在哪里，很伤脑筋，多亏天野学姐帮忙。所以，井上，你要帮学姐付钱。”

“嗯……琴吹同学，你不觉得这样很奇怪吗？”

“一点也不会。”（语气斩钉截铁。）

哇，回答得真快。我不喜欢跟人起争执，只好取出皮夹，将五百日元硬币放到琴吹同学的手上，然后对她深深一鞠躬。

“这次我们的社长给你添麻烦了。”

琴吹同学紧握五百日元铜板，嘴巴嘟得很高。

“待会找你钱。如果你将这件事告诉天野学姐，小心我揍你。”

这是什么世界？为什么我一定要帮远子学姐擦屁股，收烂摊子？

我心想应该没事了，但琴吹同学依旧站在原地，瞪着我。

“……喂，最近常有一年级的学妹来找你，你跟她在交往吗？”

“你是说竹田同学吗？我们没有在交往啊。”

“是吗？那个学妹也是图书委员，我有点认识她。她看起来就像个傻女孩，很像那种有恋童情结的人会喜欢的对象。你们真的没交往？”

恋童情结的人会喜欢的对象……这么说太过分了吧？可就算

我现在反驳她，也只会让她更生气，所以我笑着对她说：

“我是受远子学姐所托，担任竹田同学的咨询老师。”

说完，琴吹同学的眉毛挑得更高，一脸怒相。

啊，又怎么啦？我是不是又说错话了？

琴吹同学吸了一口气，以冷冷的眼神看着我。

“算了……你跟谁交往都不关我的事。不过，既然你们没有交往，就不需要刻意带她到走廊或没人的地方讲话。这样只会更让人起疑。”

她说完这番口气奇冲的话后，就头也不回地走掉了。

接下来是日本史课。我将黑板上的文字誊抄在笔记本上，但脑子里依旧在想，我一定要赶快撮合竹田同学和愁二学长才行哪……

被琴吹同学用那种带刺的语气说了这些话，真的让我很难受。

啊啊，该怎么办才好呢。要不要干脆帮竹田同学写封超级热情的信呢……

原本晴朗的天空突然乌云密布，水滴开始布满整片窗户玻璃。

（下雨了……我应该是把伞放在文艺社的柜子里了吧……？）

年纪越大，越觉得自己与他人的想法之间的差异与隔阂也越来越大。其他人觉得高兴或悲伤的事，我却一点感觉也没有，连小

脚趾尖都无法产生共鸣。

为什么人会觉得高兴?

为什么人会觉得哀伤?

在运动会或球赛上,大家情绪激动地为队友加油的时候,还有同学要转校了,大家依依不舍送行的时候,我都像是个言语不通的外国人,站在人群当中,浑身觉得很不对劲。瑟缩着身子,下腹部也开始绞痛起来。身边的人喋喋不休地在说话,我却完全听不懂他们在说什么。

有一天,班上养的兔子嘴里被塞进点燃的烟火,死得非常凄惨,大家都伤心地放声大哭,只有我觉得心神极度不安宁,一直看着自己的脚尖,全身扭捏地缩成一团。

为什么对于兔子的死,我一点都不觉得悲伤?

我试着回想兔子生前的可爱模样,以及它柔软的体毛,努力培养悲伤情绪,但是心里依旧是一片空白,根本就无法挤出一滴眼泪。偷偷环顾四周,只有我一个人没哭。

那时,我觉得自己整个脖子都变红了,还开始耳鸣,感到极度羞愧与恐惧。

为什么?为什么大家都在哭?啊啊,我实在是不明白。可是,大家都在哭,如果只有我一脸平静一定会被认为很奇怪,所以我一定要想办法让自己哭。可是脸部僵硬根本就哭不出来。我的脸颊在发热。如果让人发现我是假哭,该怎么办?我绝对不能把头抬起来。只好低着头,一脸忧郁表情。啊啊,这次大家又笑成一团了。到底有什么好笑的?我真的不知道。可是,如果没有跟大家一样，一定会被当作怪胎，就交不到朋友了。

现在要笑。笑吧。笑吧。不，哭吧，哭吧。不是，应该要笑，一定要笑才行。

啊，这么理所当然的事，我却办不到。我真是个奇怪的人，真是个怪胎。

因为无法跟大家有相同的感受，我的体内有一股像是胃都要绞起来似的羞耻感与恐惧感油然而生。如果让大家知道这种事，大家一定会对我投注冷冷的眼光吧？

我就像只伫立在白色羊群中的黑羊。

无法跟同伴一样感到喜悦、感到悲伤，无法跟他们吃相同的食物，让同伴们感到高兴的事——爱、温柔、体贴，都无法理解的可怜黑羊，唯一能做的事，就是在黑色的体毛上撒上厚厚的白粉，把自己伪装成一只白羊。

如果同伴们知道我是只地道的黑羊，会不会用羊角刺我？用羊蹄踩我？希望这件事不会曝光，千万别曝光。

每当雨滴打下来，每当风吹过来，撒在身上的白粉是不是会脱落？会不会有人大叫说，原来它是只黑羊？我好恐惧，内心无法获得片刻的安宁。但是除了这样做，我实在想不出别的方法。

在双亲、老师和同学面前，我拼命装出很有礼貌的样子，拼命地耍宝，只为了博取大家的欢心。啊啊，真希望永远不会有人发现我是个不懂人心的妖怪。希望可以伪装成愚蠢笨拙的人，让大家笑着、同情着、原谅着，就这样继续活下去。

所以，到现在我依旧戴着面具，继续扮演小丑的角色。

“哇,真的下大雨了。”

现在是放学时间,我走在昏暗的走廊上。

明明还不是很晚,窗外的天色却是暗的,天空乌云密布。射向地面的尖锐雨箭,发出冷冷的声响。

空气是潮湿的,也有股寒意。

“不是说降雨概率只有百分之五十吗?”

希望文艺社柜子里的伞还在。

上星期下雨时,我打开柜子,本来应该摆在里面的伞竟然不见了。

“啊,对不起,上星期下雨那一天,我借了你的伞,可是忘记再摆回去了。”

远子学姐若无其事地说着。

然后我们两个只好淋雨回家。

“借了伞请记得放回去啦!”

“好啦!可是,在雨中这样跑着,不是很有青春的感觉吗?”

(学姐那个人,老是把别人的东西当成自己的东西,自己的东西还是她自己的……)

难道她是大雄(哆拉**A**梦里的角色)吗?这也就是我会加入文艺社的原因吧?

（唔……这真是个无解的谜题。）

今天我是值日生。做好导师吩咐的事情后，才发现时间已经很晚了。远子学姐现在一定敲着椅子，不停地说“肚子好饿”吧？社团教室里有很多旧书，但是保存状态不是很好。

“吃这些过期的书，可是会吃坏肚子的。”

远子学姐这样说过。

“不过呢，如果是妥善保存的旧书，它的味道一定就跟成熟的法国松露或葡萄酒一样美味吧？啊，光是想象就要流口水了。还有，在文学纪念馆展示的夏目漱石、森鸥外、武者小路的亲笔手稿！我想世上再也找不到像那样美味的东西了！就算会吃坏肚子也无所谓，不知道能不能尝一口看看呢。”

说那段话时，学姐的表情很严肃。我忍不住担心，哪天远子学姐说不定真的会潜入文学纪念馆里偷东西。

当我爬上通往文艺社的楼梯时，突然停下脚步。

“啊，糟了。古典文学课本忘记带回家了。”

教古典文学的三枝老师很严格。明天有课，得先在家里预习。

没办法，只好折回教室。

可能是因为下雨的关系吧？走廊上没半个人影，非常安静。

当我正要推开门的时候，听到教室里面有声音。好像是女同学们还留在里面聊天吧。

因为教室里都是女生，我还在犹豫是否该走进去的时候，就刚好听到她们谈话的内容。

“什么？绘里也喜欢芥川？真的吗？”

“哇，小森不是也喜欢芥川吗？那你们是情敌了。”

“等一下。我也喜欢芥川，我觉得他人很好。”

“天啊！连美纪也是？那就有三个人啰？”

她们好像在聊喜欢的男生。

这位芥川并不是大文豪芥川龙之介，而是我们班上一位身高最高、话最少的同学。他看起来很斯文，一副聪明样，光看外形就知道他很有女人缘。

不过，这下问题大了。照这个气氛看来我越来越难走进去了。

“太好了，我喜欢的是广崎。我没有情敌。”

“什么？铃乃你喜欢广崎？”

“嘿嘿嘿，我对那种小弟弟最无法招架了。其实下周六，我们两人约好要去看海豚表演。”

“耶！”

“什么时候开始交往的？”

“才刚换班一个月。你的动作未免太快了吧！”

“我跟芥川的关系顶多只是说‘早安’、‘再见’而已。真可恶，铃乃！下次大减价时，你要请我吃冰淇淋！”

“我也要！我也要！不是单球，要请双球的哟！”

“哇，我为了买约会时要穿的衣服，这个月很穷，只准点五十日元的冰淇淋。”

耳边传来女同学们的笑声，她们好像聊得很起劲。

算了……先去社团，待会再过来拿书好了。

“接下来轮到七濑了。”

“没错，大家都坦白了，你也要对我们坦白。”

七濑？难道是琴吹同学？琴吹同学现在也在教室里。

"莫非七濑也喜欢芥川?"

"哇,拜托千万不要。七濑是个大美人,我绝对无法赢你的。"

"我啊……"

从门的那一端,传来琴吹同学的声音。

虽然知道偷听人家说话是不好的行为,但是我很想知道那个又毒舌又骄傲的琴吹同学到底喜欢谁。我不禁屏住气息,仔细凝听。

"我没有喜欢的人。可是,却有个讨厌的人……"

"什么? 是谁?"

"井上心叶。"

琴吹同学口齿清晰地说出了我的名字。

我的脑子瞬间一片空白,无法思考。接着感觉整个头在发热。

"为什么? 井上同学人很好,不是那种会让人讨厌的人啊!"

"没错,你不觉得他就像空气一样人畜无害吗?"

"虽然个性呆板,不是很出色,不过,如果仔细瞧的话,长得还蛮可爱的。"

"没错,说话语气很温柔,总是面带微笑。"

突然,琴吹同学以严厉的口吻说:

"就是那样才让我觉得恶心。老是露出那种虚伪的笑容。完全搞不懂他在想什么,看了就讨厌。"

我的脸颊到耳朵都在发热,连手也在发抖,喉咙也开始痛起来。

为什么要那样说我? 我知道你不喜欢我,但是在众人面前,需要用如此轻蔑的语气说我吗?

虽然我很想逃离现场，但是因为自尊心作祟，我伸手推开教室的门。当我走进去时，女同学全都回头看着我。

我假装什么都没有听到的样子，眼睛瞪得很大。

“啊？你们还没回家啊？对不起，是不是打扰到你们了？”

女同学们的双眸露出慌乱的视线。我快步走向自己的书桌，取出古典文学课本，放进书包里。

“我忘了带课本回家。明天还有古典文学课呢。”

琴吹同学满脸通红地瞪着我。我故意看着她，拼命地挤出笑容。

“我走了，大家再见。”

女同学们赶紧对我说：“再、再见！”

只有琴吹同学一个人鼓着腮帮子，紧闭着嘴，一直瞪着我。

(我觉得好不甘心，好丢脸。)

在潮湿昏暗的走廊上，我怀着凄惨的心情往前走。

(老是露出那种虚伪的笑容？完全搞不懂他在想什么，看了就讨厌？)

比起那种我行我素，老喜欢跟人吵嘴，为了表达自己的想法而老是破坏气氛的人，静静笑着配合他人还比较好吧？

有些时候也只能这样做吧。

可是，为什么？为什么要说这样的我很恶心？

(我并不是天生喜欢那样傻笑啊！)

有个灼热的物体从喉咙蹿升，让我忍不住大叫。

(我以前不是那样的，以前的我……)

——心叶真的笑得很开心呢。

——而且,心情不好的时候,生气的时候,焦躁不安的时候,也会马上表现出来,你还真容易看穿呢!就像小狗般单纯可爱。

太过分了,我才不是小狗呢!当我这样反驳时,她就发出铃铛般悦耳的声音,掩嘴而笑。

——你看你,又鼓起腮帮子了。你真的是很容易看透。不过,我就是喜欢你这一点。只要有心叶在我身边,我就觉得安心。

(我念初中的时候,可是有喜欢的女生呢。我也跟大家一样谈过恋爱啊。)

只要听到她的声音,就会心跳加速。她对我说的每句话,全是上天赐给我的珍宝。我小心翼翼地埋藏在心中,每晚睡觉前,就会一直取出来凝望。

只要这样,就觉得每天都很幸福。脸上经常挂着笑容。

可是,我的恋情就跟《了不起的盖茨比》的盖茨比一样,最后落个悲惨的结局,然后我开始变得会说谎。

我很努力地,把"人类"这个角色扮演得很好。

周遭的人都说我开朗乐观、和蔼可亲。

别人贬抑我或嘲笑我，我都不在乎，反而感到安心。但是如果有人说我和蔼可亲，我的胃就会开始抽痛，感觉很不舒服。

渴望别人认为我是好人时，我就会耍宝惹大家笑，或是假装喜欢小狗，其实当时我羞愧得像是脸颊有火在烧。

为什么会这么说？因为这一切都是假的，都是我在伪装。因为我并非如人们所说，是个和蔼可亲的人。这一切都是我使出的诈术罢了。

所以每次有人说我和蔼可亲时，我就有种冲动想要大叫，甚至想要拿刀切腹自杀。

狗并不晓得我的内心是如此纠结、复杂，只要我摸摸它的头，它就会拼命摇尾巴高兴地靠过来。它一定以为我是个和蔼可亲的人类吧？

告诉过我她喜欢我的那个女孩子，也像狗一样。

她是个天真无邪，个性开朗的女孩，总是开心地笑，就像个孩子。

如果我也能像她那样，该有多好。

可是，我也憎恨着那样温驯单纯的她。

远子学姐将穿着短袜的双脚跨在椅子上，听着外面的雨声，双

手翻阅书本阅读。

今天她的餐点就是有着豪华厚皮封面的《伊利亚特》。这是伟大的盲眼诗人荷马描述特洛伊木马屠城战役的叙事诗。

像猫尾巴般的黑亮麻花辫由肩部垂到腰部，纤长整齐的睫毛淡影落在瞳孔上。瘦削的食指拨弄着嘴唇，这是远子学姐看书时会出现的怪癖。有时她还会将指尖放进嘴里含着。

雨水打湿了满是灰尘污垢的窗户玻璃。今天看不到夕阳的光辉。

我停下正在写文章的手，对学姐问道：

“远子学姐，你有喜欢的人吗？”

“什么？你说什么？”

当学姐专心看书时，往往都听不到四周的声音。

“嗯，你的点心写好了吗？”

突然学姐的脸上露出一抹光辉。只有这件事，才会让专心看书的学姐分神，这就是远子学姐的特质。

“我是问你，有没有喜欢的人？”

“当然有。嗯，像葛里克、狄更斯、德曼、司汤达、查赫夫、莎士比亚、欧克特、蒙哥马利、法颂、林德葛连、马克拉可兰、卡兰德、乔丹、井原西鹤、夏目漱石、森鸥外、宫泽贤治、木村裕一先生都是我喜欢的人，还有还有……”

看学姐说着说着又快流口水的样子，我赶紧打断她的话。

“我不是说你喜欢的食物。还有，卡兰德、乔丹是谁啊？篮球选手吗？”

“讨厌，你不晓得芭芭拉·卡兰德，佩妮·乔丹吗？她们都是知名的浪漫文学作家。卡兰德的《爱火燎原》这本书你一定要看，内容是位美国石油大王的女儿隐藏自己的身份，跟一位多金帅哥坠入情网的故事。乔丹的《Silver》(《银色》)也是曾经被改编成漫画的名著，这本书我也大力推荐。一位名叫洁拉蒂的纯真少女，遭所爱的人背叛，大受打击，一夜之间黑发变成银发。所以，她决定向那个男人复仇。为了达到这个目的，找英俊的家庭教师帮她上爱情课，那是充满浓浓爱意的课程。这位家庭教师真的很性感，完美到无可挑剔。”

糟了，离主题越来越远了。

“我知道，你不用再说了。我不是问你那个……远子学姐，你谈过恋爱吗?”

“什么?”

远子学姐歪着脖子，一脸茫然。

“鲤鱼?”(注 1)

“不是吃的鲤鱼。是 LOVE 的恋爱。L、O、V、E。”

“如果你是问我谈恋爱，我随时都在谈恋爱。”

“我不是问你跟哪些食物谈恋爱，我是问你曾经跟人谈过恋爱吗?”

不晓得为什么，觉得好累。就算心情再不好，会想要跟这个人讨论爱情话题的我还真是个大笨蛋。

当我问完，远子学姐突然注视远方，静静地微笑着。

这是怎么回事?现场气氛就像正在播放冷硬派电影主题曲，非常沉重严肃。莫非远子学姐曾有过痛苦的恋爱经验?

“我啊……我是恋爱大凶星。”

“什么？那是什么意思？”

虽然我已经做好心理准备，但还是被吓到了，忍不住提高嗓门说话。

远子学姐望着被雨水冲湿的窗户，露出虚无缥缈的眼神，以哀伤的语调娓娓道来。

“今年年初，我去找新宿之母占卜恋爱运。结果她说，我一出生就是恋爱大凶星的命，就算谈恋爱，最后也会落空，棘手的问题会像排山倒海般不断出现，即使恋爱成功了，也无法长久，百分百会破局。所以她叫我别去想爱情的事，将心思摆在学业和兴趣方面。”

“你说的新宿之母，难道是在伊势丹百货公司角落摆摊，经常有很多人排队等算命的那位占卜师吗？你也去排队啦？”

“是啊，而且那天还下雪，街道上白茫茫一片，冷死了。”

“你为什么刻意挑下雪天去排队？”

“我以为若是下雪天，应该不会有人去排队。不过也幸好是下雪天，我只等半小时就轮到了。”

我又开始头痛了。

“你那么想让新宿之母帮你算命吗？”

“因为我是女孩子嘛。当然很在意恋爱运了。结果竟然是恋爱大凶星……运势超烂。不过，老师说七年后厄运就会结束，就可以邂逅真命天子。”

总是一脸冷漠表情的远子学姐，很难得地变得很开朗，还探出身子对我说：

“老师预言说，七年后的夏天，在嘴里衔着鲑鱼的熊面前，我会跟一位围着白色围巾的男子坠入情网，他就是我的真命天子。她说我的爱情线很短，一生只有这次机会，鼓励我要好好把握。不过我还是觉得遗憾，毕竟要等七年才能谈恋爱。”

“为什么那个男人会在夏天围围巾？还有，如果你们站在熊的面前谈恋爱，搞不好会被熊吃了。”

远子学姐听我这么说，又气得鼓起腮帮子。

“心叶君真是没有梦想。”

“是远子学姐太会做梦了吧。”

“所以我是文学少女啊。”

“请不要拿这个当所有事情的借口。好了，不聊了。打断你看书，对不起。”

远子学姐的脸上浮现困惑的表情。

“不对哦……心叶君，你是不是有事？”

“没事……”

“难道，你有喜欢的人了……？”

我赶紧将脸移开。

雨水打在窗户玻璃上，发出啪哒啪哒的声音。

“我没有喜欢的人，什么都没有。这样最好了……”

不会发生任何事。

不会喜欢任何人。

没有痛苦、悲伤与绝望，只是平凡安稳地活下去。

每天我都是这样祈祷着。

我想，我一定一辈子都不会谈恋爱了。

“……”

远子学姐不发一语，只是默默看着我。

一年前，远子学姐要硬拉我进文艺社时，也曾经流露出这样的悲伤表情。我一边想着那样的远子学姐竟然也会有这种表情，内心充满了又羞愧又抱歉的感觉。

"对不起，今天我想先回家。"

我受不了这样的沉默气氛，于是将写好的文章摆在桌上，站了起来。

打开生锈的柜子，应该摆在里面的伞，果然不见踪影。

"给你！"

远子学姐笑着，递给我一把浅紫色的折伞。

"你的伞被我借走了。今天你就撑这把伞吧！"

"为什么呢？远子学姐。"

"没什么，我只是想拿长伞。"

"……是这样吗？那么，我就借用你这把伞了。"

"嗯，明天见，Bye Bye！"

学姐脸上依旧挂着笑容，对我挥手说再见。

走下楼梯，撑开雨伞，啪的一声，一朵紫霞花就在灰蒙蒙的雨中盛开。

紫色是远子学姐喜欢的颜色。我常看她随身携带像这种浅紫色的手帕或自动铅笔。

"雨……好像不会停。"

我撑着伞，一直站在原地不动。

一定是只有一把伞吧。

我知道远子学姐是在对我说谎。

升上高中后，面对班上同学时，我总是戴着面具，刻意与他们保持距离。就算对他们笑，也不是真的在笑。当琴吹同学指出我这个痛处时，尽管觉得很可悲，但是面对远子学姐的时候，我却总能表现出真正的我来。

每次看到远子学姐一脸困惑或悲伤的表情，心里就会想，就算是伪装也好，应该要对她露出笑容。可是在她面前，我就是无法顺利地转换语气和表情，真是太差劲了。

该怎么办才好？该如何才能提升自己的说谎本领？

说谎本领提升后，就不会再让彼此受伤了吧？

我望着滴下来的冰冷雨水，心想远子学姐不知道还要等多久才能回家？

校舍的另一侧有位穿着制服的女生走出来。

(是竹田同学)。

她也看到我了，停下了脚步。

她吸了一口气，眼睛瞪得很大。

然后以沙哑的声音叫着“愁二学长……”

发生了什么事？

接下来，竹田同学蹲下身子，哭了。

“怎么了，竹田同学？”

竹田同学没有回答，而是将她湿答答的身体和脸贴在我身上，将她的手绕过我的背后，呜咽地哭泣着。她看起来很痛苦的样子，双眼紧闭，泪水不断流下。

我手上拿着伞和书包，没办法抱她。而且，我也是第一次遇到这种事，根本不晓得该怎么办才好。愁二学长到底发生了什么事？

正当我准备问她时：

“小千！”

一位年纪与我相仿的少年在叫她。

趴在我胸前的竹田同学身体突然震了一下。

“小千？”

声音是从竹田同学刚刚走过来的方向传来的，声音越来越近。那声音听起来充满困惑。突然竹田同学抓着我的手。

“竹、竹田同学……等一下。”

竹田同学紧咬着牙，一脸惊吓的表情，抓着我的手往前走。

“竹田同学，‘小千’是不是在叫你？那个人是不是在找你？”

“不行，不能让他找到。”

竹田同学语带胆怯地说，就这样把我抓进校舍里。

进入校舍那一刻，我看到一位撑着深蓝色雨伞的男孩四处张望地朝我们走来。可是因为时间太短了，我看不到他的脸，无法确认他的身份。

当我们走到中庭走廊时，竹田同学总算放开我的手，然后又蹲下去，双肩颤抖着，又哭了出来。

我对那个女孩说，可以交往看看。

那个女孩就像小狗般，露出纯真的笑容。

那个女孩对我是百分百信赖，将她自己交给了我。

她是只单纯无邪、心地善良、个性开朗，深受神喜爱的白羊。

像这样的女孩，让我嫉妒又讨厌，同时也对她的纯真产生无法抑止的憧憬感觉。

或者、也许，这样的女孩，可以让我有所改变。

人们常说，恋爱会让人改变。

或许这个女孩可以拯救我。

也许从此以后，我可以不再是个没有爱情、没有同情心的妖怪，而是真正的人类。

啊，我真的好希望能变成那样。

胸口有股像快烧焦的热气蹿升，我如此热烈地祈求着。

就喜欢那个女孩吧！

就算刚开始是假的，但总有一天会变成真的。

啊，求求你、求求你，就让那道纯真无垢的光芒解救我吧！

可是，当那个女孩知道我曾杀人，她还会爱我吗？她还会觉得我是个和蔼可亲的人吗？

我是，妖怪。

那一天，软绵绵的肉被压碎了，散发出酸酸甜甜味道的红色鲜血就在黑色柏油路面上扩散开来，我保持着一颗空洞的心，眺望着眼前的景象。

我，杀了，人。

第三章

第一手记——片冈愁二的告白

愁二学长……

那时竹田同学是这样叫我的。

竹田同学并没有告诉我，她为何哭得如此伤心。

我等竹田同学停止哭泣后，才送她回家。在雨中，两人共撑一把浅紫色雨伞，缓缓前进，竹田同学因为哭得太厉害，眼睛变得很红，一路上都低头不语。仔细瞧瞧，竹田同学的嘴唇有点肿，还渗出血丝。有时她会偷偷抬头看我，眼神充满不安全的感觉，好像要确认什么东西般，然后又慌慌张张地低下头，眨眨眼睛。

不久，我们来到一栋有着美丽花坛的两层楼建筑物，于是我们彼此道别。

“谢谢学长送我回家。”

“不客气，你赶快换衣服，取暖一下比较好。”

竹田同学又抬头看我。她一直盯着我看，好像我的脸上写了什么东西般，双眼噙泪，低着头，对我敬了一个礼之后，她转身面对挂着手工制门牌的大门，静静地消失在里面。

今天早上第一堂课休息时间，她也没来找我了。我一直坐在椅子上，眼睛直盯着教室门口瞧，结果却与正走进教室的琴吹同学四目相交。

（哇，这下子该怎么办才好？）

对方也是一脸慌张的表情，整个人当场愣在原地，不过嘴唇抿得很紧，迟疑一会儿就朝我走来。

"这是昨天要找你的零钱。"

说完，很粗鲁地将拳头伸向我。

"啊，谢谢……五十元？"

琴吹同学给我的是五十元铜板。

"嗯，你是不是多找了我十元？"

"我当然知道，请你再找我十元。"

"啊嗯……对不起，我现在没有零钱。"

"那改天再给我好了。"

她一脸不悦地嗫嚅说完，好像想走开，却又在原地磨蹭。

"……今天，竹田千爱没来找你啊！"

"啊……嗯，是啊！她今天没来。"

"喂，昨天放学的时候……井上，你是突然闯进教室的吧？那时候……你真的什么都没听见？"

她说完，一直盯着我看。

我对着她，露出温柔和蔼的笑容。

"咦？听到什么事？"

琴吹同学马上脸红。

“没……没听到就好。”

说完，她转身背对我，回到自己的座位。

只有我的手掌里留了一个五十元的铜板。

告知第二节课已经开始的铃声轻轻响起。

（啊，竹田同学……果真没有来。）

第二堂课休息时间也不见竹田同学的踪影。

我很担心她是不是感冒请假了，于是我决定去找她。当我在竹田同学教室前徘徊时，看到她跟朋友有说有笑地走出来。

“哇塞！千代子你真的很厉害耶。好！等他生日那一天，我也亲自做个蛋糕送他吧！啊！”

神情愉快的竹田同学看到我，眼睛瞪得好大，手也放了下来。

“心叶学长……”

“早、早安。”

“哎呀，学长，你怎么突然跑来找我？啊，对不起，千代子，我有事要先离开。心叶学长，请到这边来。”

竹田同学抓着我的手，像在踏步般往前走去。

（咦，奇怪？她好像突然变得很开心？）

她带着一脸疑惑的我来到无人的地方，然后微笑回头看着我。

“想不到心叶学长会自己跑来找我，我真的吓了一跳。”

“昨天你哭得那么伤心，我很担心你……”

“啊，你说那件事啊？已经没事了。我只是变得有点神经紧张吧？也可能是因为下雨的关系，让人心情很忧郁吧……又或许是心叶学长的表情是那么亲切和善……才让我忍不住想向你撒娇吧……啊,实在太丢脸了,请你忘掉昨天的事吧!"

她满脸通红,一边说话一边挥手的模样跟平常没两样,让我不禁怀疑,昨天她哭泣的脸莫非是我的错觉?

"你跟愁二学长是不是发生了什么事?"

那位寻找竹田同学的男孩,难道就是愁二学长?他很亲切地称呼竹田同学为"小千"。

竹田同学的表情突然抹上一层乌云。

啊,果然没猜错,他们之间真的出事了。

"……那个……愁二学长好像有烦恼。昨天,我收到了愁二学长的信,内容是……"

信?

"啊!可是!我是真的恢复精神了!"

竹田同学抬头看着我,又在强颜欢笑。

"对了!心叶学长,今天你也会帮我写信吗?"

"嗯,我带来了。"

我将折好的报告用纸交给她,她整个人笑了开来。

"谢谢你!我想愁二学长看了信以后,也会恢复元气的。啊,下一堂课要换教室上课,我先走了。哎呀!"

竹田同学又绊到脚,差点跌倒,我赶紧扶着她。

"嘿嘿嘿,对不起。我真的很迟钝呢。我先走了!"

她迈出摇晃不稳的脚步,啪哒啪哒地跑开了。我目送她离去,但内心还是无法释怀。

竹田同学说愁二学长有心事。

竹田同学昨天哭得那么伤心，应该与这件事有关吧？

那个叫片冈愁二的人，到底是个怎么样的人？到目前为止，我已经写了很多信给他，但我只是从竹田同学口中了解这个人。

弓箭社三年级学生，有很多朋友，最会搞笑，博取大家的欢心。

平常脸上总是挂着开朗的笑容。只有在射箭的时候，才会露出严肃的表情。

听说平常就很和蔼可亲，实际交谈过后，就会知道他真的是个大好人……

这些全是竹田同学说的。

莫非愁二学长不像竹田同学所想，是那么好的人。人一旦坠入情网，就会丧失冷静判断的能力，无法做出准确的判断，这种事是很常见的。

“喂，芥川，你是不是加入了弓箭社？”

那天的打扫时间，我跟同班的芥川聊天。

“是啊。”

芥川正在搬桌子，他以成熟低沉的声音淡淡回答着。

他并没有生气，而是因为他本来就是沉默寡言的人。我从未看芥川大声笑过。像他这种酷酷的样子，应该很有女人缘吧？我走到他身边，抬头望着他，发现他跟我截然不同，个子很高，手臂和肩膀很壮硕，五官清秀斯文，果然是个大帅哥。

“弓箭社里是不是有位叫做片冈愁二的高三生？”

芥川沉思了一会儿，冷淡地回答：

“没有，我没听过。”

“咦？怎么会这样？难道名字弄错了？没有一位叫愁或愁学长的人吗？”

“好像有个人叫藤村修也，不过他不是三年级，是二年级。还有，我们也不叫他修。”

“咦，真的吗？没有其他人叫愁吗？”

“在我们社团里没听过这号人物。”

这到底是怎么一回事？难道是竹田同学搞错了？可是，如果她尚未告白也就算了，明明都告白过，还会有书信往来，应该也常常聊天吧。不过，记错名字也是有可能的。

芥川终于搬好桌子，他看着我。

“你说的那位愁学长，到底怎么啦？”

“嗯，这个嘛……我也是听认识的人说的。对了，你可以带我参观弓箭社吗？”

“可以啊。偶尔也会有希望加入社团的人来观摩。”

“那么，今天可以吗？不过，我并没有要加入弓箭社……这样是不是就不能参观？”

“……应该没关系。我会跟顾问老师说的。”

“那就谢谢你了，芥川。”

弓箭社的练习场在体育馆旁的旧道场。正面摆了五块靶板，其他还有将麦秆弄成稻草包形状的物体插在竿子上，后面再用板子固定，还有好几块旧的榻榻米排列在一起。

社员都穿着白色和服，戴着护胸，下身则穿着黑色裤子，手里拉着弓，练习射箭。旁边有十几名身穿运动服，手里拿着粗壮橡胶弓箭的社员，大家异口同声地喊着：

“踏步！”

“胴造！”(注 2)

“举弓！”

那些人应该是一年级新生吧！

芥川也换上练习服，朝我走来。

“我已经获得同意。不过这里很危险，你不要到处乱跑。”

“嗯，我知道。”

就在那时，弓箭射中榻榻米的声音直接贯穿我的耳朵。

“哇，声音好大。近看果然很有现场感。”

竹田同学曾经说过，当愁二学长的弓箭射出的那一瞬间，总觉得自己的心脏好像也被射中了。

“嗯……你说的没错。第一次听到这种声音的人，可能会吓一跳。”

芥川冷冷地说着，因为他也要练习，所以先离开了。

我就站在后面，观摩大家练习。

在弓箭社是男女一起练习，人数各占一半。社员人数很多，乍看之下差不多有五十人吧。

这些人当中，一定有一位就是让竹田同学一见钟情的“愁二学长”。

（唔……既然是一见钟情，那么那个人的外表应该也很出色。这样的话，就不是那个人。那边那个也不是。对面那个人好像也不太像……）

一边确认着，我忍不住想抱住头。

伤脑筋。候补人选越来越少。

（如果要说弓箭社里谁长得最帅，怎么看都是芥川。可是，竹田同学说，愁二学长跟正经八百的外表不同，很和蔼可亲，人缘很好。如果是芥川，则称不上和蔼可亲……还是说他在班上都酷酷的，但来到社团就会变得很活泼……嗯，不可能……不可能会这样……）

结果，还是无法判断出谁是愁二学长。

趁着练习空档，芥川跑来找我，以低沉的声调淡淡地说了这么一句：

“我问社长是否有愁二这个人，但是他也说不认识。”

迷雾越来越深了。

我只好向芥川道谢，离开弓箭社。

一走进文艺社，我就听到“咕咻”的可爱喷嚏声。

“咕咻、咕咕……吱吱……”

远子学姐从面纸盒里抽出面纸，正在擤鼻涕。

“啊，你好，心叶君。咕咻！”

她又打了一个喷嚏，很认真地擤鼻涕。

脚底的垃圾桶塞满了粉红色面纸。

唉，学姐昨天果然是淋雨回家所以感冒了吧。

“嗯……这把伞，谢谢你。”

我递出浅紫色雨伞，远子学姐以红得像驯鹿的鼻子与水汪汪的眼睛很开心地笑着。

“不客气。我也把你的伞摆回柜子里了。谢谢你借了我这么久。”

“你好像感冒了……还好吧?”

“别担心,昨天我一边泡澡一边看卡兰德的《修道院女神》,看得太着迷了,没注意到水变凉了。你放心,很快就会好起来了。”

“水变冷了就不要再继续泡澡了。还有,这样书会泡湿,变得湿答答,不是吗?”

“那又是另一道美食。感觉就好像将饼干泡在粉红色的香槟酒里,不是吗?”

“我不觉得香槟会有洗澡水和泡澡剂的味道。”

“你真是个没有梦想的人。哈啾……嘶嘶……不过,心叶君啊,你今天也是很晚才来。难道又是值日生?”

“不是……我不是值日生,刚刚我去弓箭社观摩。”

“嘶嘶……咕嘶……去弓箭社观摩?”

远子学姐用面纸盖着脸,歪着脖子看我。像猫尾巴的长发辫缓缓摇动着。

“其实是……”

我将昨天放学后看到竹田同学在哭的事,以及在弓箭社并没有看到片冈愁二这个人的事,都一五一十地告诉远子学姐。

“怎么会这样……”

远子学姐也呆住了。

然后她若有所思地说:

“对了,图书馆的计算机里有全校学生的名册,我们去查查看好了。”

琴吹同学就坐在图书馆的柜台。

“啊……”

她一看到我就瞪着我，好像在问我来这里干吗。

“琴吹同学，我可以借用一下计算机吗？”

“今天用计算机的人很少，现在不是没人用吗？”

“谢谢你！”

“哈啾，打扰了！”

我们穿过柜台，朝计算机区走去，寻找空着的计算机。

“心叶，拜托你了，我跟机械的契合度很差。”

远子学姐的声音中充满恐惧。

“说什么契合度啊……现在只是要搜寻数据而已吧。”

我操控着鼠标，打开圣条学园名册，用“片冈愁二”四个字开始搜寻。画面出现沙漏时钟图案，然后显示出找不到这条数据。

接着，我用“愁二”两个字搜寻。

还是没有搜寻到。

又用“片冈”两个字搜寻，出现七条数据，不过其中有四位是女生，剩下三个男生也没有人的名字是愁二，也没有发音类似的名字。

我与远子学姐四目相望。

这是怎么一回事？

片冈愁二这个人不仅不存在于弓箭社，也不存在于这所学校。

隔天，在第一堂课休息时间，竹田同学抱着一本画了一只小鸭的笔记本出现。

“早安，心叶学长。我来拿信了。”

我无视于琴吹同学瞪人的目光，把竹田同学拉到走廊角落。

“今天没有信。”

“咦？为什么？”

“因为我们学校根本没有片冈愁二这个人。”

“咦！”

竹田同学眼睛瞪得很大。她不是在演戏，而是好像真的吓到了。然后仿佛觉得很有趣地噗哧笑了出来。

“哎呀，你在胡说什么啊，心叶学长？愁二学长就在我们学校啊！”

“可是，我在弓箭社里找不到片冈愁二这个人，找了全校学生名册，也没有这个人。竹田同学，你到底把信交给谁了？”

竹田同学依旧笑着回答：

“交给愁二学长啰！”

她的脸上没有丝毫阴霾，语气也没有丝毫犹疑，乍看之下好像是我搞错了，让我开始觉得很不安。

“愁二学长他确实是在弓箭社啊！”

“可、可是……”

“千爱随时都会把愁二学长写的信带在身上哟！你看！”

竹田同学打开抱在胸前的鸭子笔记本，取出夹在里面的信封给我看。信封是简单的白色纸张，没有收件人姓名，只写着寄件人“片冈愁二”几个字。竹田同学又从信封里取出信笺。

信笺也是一般的白纸，大概有三张折叠在一起。

这么说来，昨天竹田同学也提过收到愁二学长给她的信。她只说了“内容是……”然后就脸色郁闷地沉默不语了。

她还说愁二学长好像有心事。

那封信里写的应该就是这件事吧?

竹田同学的表情有点犹豫,用她偶尔会有的那种不安眼神看着我。然后好像下定决心般,将信笺凑到我眼前。

“确实有愁二学长这个人。我是说真的,我没有搞错。请你看这封信。愁二学长他现在非常痛苦……可是,我是个笨蛋,我无法了解……所以……所以……求求你,帮帮愁二学长。”

她用颤抖的声音,真诚地向我诉苦。虽然外表装得很开朗,但她或许也已经独自忍耐到极限了吧。或许连她自己也需要别人的帮助吧。或许也是因此,她才会用无助的眼神看着我。

我知道,如果看了这封信就会揽上麻烦事。

现在在这里看信这个行为,只是为了跟竹田同学商量,纯粹想帮助她,并没有其他意思。

能够风平浪静地度过每一天,这是我最大的希望。

插手去管别人的麻烦事,那是很愚蠢的行为。对不起,我是个无法承担重任的人。我应该对她这么说,然后转身离去。

可是,一切好像都太迟了。片冈愁二这个人是不是真的存在……为什么会发生这种怪事?连我自己也很想知道答案是什么……

我接过信,打开来,指尖整个都麻痹了,我还闻到一股甘甜的香味。

我这辈子做了太多丢脸的事情。

在我身上，完全找不出像是人类的地方。

好比说体贴关怀、爱护关心、哀伤难过——诸如此类只要是人都会有的感情。

我戴着小丑的面具，拼命地想让身边的人欢笑，希望大家认为我不是坏人。可是，就在不断说谎的过程中，觉得自己的内心越来越失落空虚。

那一天，我杀了人。

软绵绵的肉被压碎了，散发出酸酸甜甜味道的红色鲜血就在黑色柏油路面上扩散开来，我保持着空洞的心，眺望着眼前的景象。

我，杀了，人。

恐怕连神也不想帮我了吧！

"是《人间失格》。"

放学后我来到文艺社。

远子学姐看完信后，斩钉截铁地说。

"《人间失格》是太宰治的作品吗？"

"是的。'我这辈子做了太多丢脸的事情'，这句话是《人间失格》的主角在信的开头所说的话。其他不少字句也是引用自《人间失格》。"

说到这里，学姐又打了个喷嚏。

本来以为她的感冒过一晚就会好了，不过看来尚未好转，眼睛仍然水汪汪的。

“这么说来，信里写的事不是真的，只是仿效《人间失格》写的文章啰？”

我希望是这样。当我从竹田同学手中取过信看的时候，觉得内容太过异常且无可救药，让我觉得仿佛被丢到无际的黑暗里似的。

那是位名叫片冈愁二的少年的悲伤告白与忏悔。

愁二从小就无法与他人有相同的感受。

为什么会觉得喜欢？

为什么会觉得讨厌？

还有，喜欢的定义是什么？讨厌的定义又是什么？

亲人死了，举行丧礼，大家都在哭。可是，他一点也不觉得悲伤。朋友要转校远行，大家都依依不舍，只有他无动于衷。看到小狗或小婴儿时，大家都说好可爱，只有他无法理解，为什么他们会喜欢这样的人或动物。在这种情形逐渐增加之后，他也渐渐觉得自己不是人，而是被诅咒的妖怪。

无法理解他人的感受，让他感到恐惧、绝望、痛苦。

如果被大家知道自己是个妖怪，大家会作何感想？

因为害怕，只好继续当小丑，拼命地取悦他人，努力地让别人爱自己。

周遭的人都被愁二的言行举止感动、迷惑，于是他成为人气王，但其实内心却抱着强烈的羞耻感，痛苦不已。

说谎是件丢脸的事。异于常人也是丢脸的事。片冈愁二在信中不断地诉说内心的痛苦。

好羞耻。

觉得自己好羞耻。

光是活着都很羞耻。

只有一个人看穿了愁二的小丑演技。

愁二称那个人为S。在信里，他说那个人最了解自己，但同时也是会让自己毁灭的危险人物。

只有一个人，只有S，透过他聪明的视线，让我发觉了自己是个小丑。

总有一天，我会因S而走向灭亡之路。

有一天S喃喃地对我说：

你是打从心底，真心诚意地爱着她吗？

信写到这里就没了。

这里说的"她"指的是谁？S又是谁？我完全不知道。

愁二又给了S什么样的答案？

看完信以后，不晓得为什么，觉得胸口很闷，很难受。以前好像也曾有过这样的感觉。听了远子学姐的话，我终于释怀了。

（原来是这样，原来这封信的开头引用自《人间失格》。）

初中的时候，我也看过这本太宰治的代表作。第一印象就觉得书名很黑暗，要说原因的话，是因为它是暑假读书感想作业的指定书籍。必须从四本书中选出一本阅读，然后写感想，或许是因为当时正是渴望长大的年纪，所以我刻意挑选了最难的一本。

不过当时我还是个初中生，思想不够成熟，实在无法体会主角内心的痛苦。主角一直在对忧郁的生活做告白，但我完全看不懂，所以最后还是选了另一本书写感想。

虽然那已是很久以前的事了，但在脑海深处好像依旧残留着当时读过的文章内容。因此，当我看见片冈愁二的信时，会觉得以前好像曾在哪儿看过同样的文字。

“哈啾！”

远子学姐又在打喷嚏了。

“呜……我认为这封信不完全是抄自太宰治的书。我认为他是借《人间失格》来表达自己的心情，渴望有人了解他，才会那么写的。”

“这么说来，他说杀了人，也可能是真的啰？还有，他说想死，也是真的吗？”

“如果真的杀了人，事情就大条了。”

不管怎么说，片冈愁二绝对不是“只有一点心事”而已。一定要赶快对他伸出援手。虽然杀人云云的事情或许只是妄想，但是会这样妄想的人也已经很危险了，而且，那么讨厌自己，对自己感到绝望的人，还能活下去吗？

“太宰治是在完成《人间失格》后一个月自杀。这样看来，情况很不妙哦？”

我觉得这封信简直就像是遗书。片冈愁二一定是有自杀的打算，才会写这种信给竹田同学吧？

远子学姐坐在椅子上，双手抱膝，右手食指摆在嘴唇上，陷入沉思。

“太宰治的《人间失格》是由《前言》、《第一手记》、《第二手记》、《第三手记》、《后记》所组成。当时在《展望》杂志的五月号、六月号、七月号分三次连载。作为故事序章的《前言》，和记载主角‘叶藏’年少时候心情告白的《第一手记》是在五月刊登。再过一个月，也就是六月十三日那天，太宰治就跟爱人山崎富荣一起跳玉川上水自杀……”

学姐双眼注视远方，只有嘴唇像机器般，很有规律地动着。

“第二次连载刊登，是在河里搜寻遗体的时期，最后在六月十九日找到两人的遗体。《第三手记》和作为终章的《后记》是在一个月后的七月刊登。《人间失格》简直可以说是太宰治一生的回顾。

“出生在乡下旧式名门家族的男主角，对自己与他人的差异感到恐惧与羞愧，所以扮演着虚伪的小丑，后来还投身于危险的社会运动。可是最后仍然半途而废，变得非常讨厌自己。为了从绝望中逃离，一直过着颓废的生活。

“就在那时，他和一位咖啡馆的女侍相约自杀，结果对方死了，自己却苟活于世，因此开始陷入绝望与自我否定的深渊里。但是后来又娶了一个天真地信赖着他的清纯女孩为妻，也曾度过短暂的幸福日子，结果最后仍是回到充满贫困、内省、颓废的生活。

“妻子的天真无邪也被污染了，男主角最后完全沉迷于禁药中，被友人送到脑科医院，形同废人。

“作者太宰治也是出身自青森的大地主之家，也参加过社会运动，担心自己是否一辈子就只能当个富家公子，也曾跟咖啡馆女侍一起相约自杀，不过没有成功。

“那时太宰治被救活了，但对方死了。后来，他跟从乡下来投靠他的艺妓小山初代结婚。不过知道初代的过去后，他大受打击，再次自杀未遂。后来因药物中毒，被送进武藏野医院。

“出院后，他写了《人间失格》的前身作品《Human Lost》。没多久，又跟妻子初代服毒自杀，不过这次也是没有成功。

“后来的太宰治写了很多很棒的作品，成为知名作家。就这样过了十年岁月，重新完成《人间失格》这部作品。不过完成后立刻又自杀，这次太宰治和那位女性都没有被救活。所以大家就说，《人间失格》是太宰治的遗书。”

远子学姐以缥缈的眼神看着我，问我：

“心叶君，你看过太宰治的作品吗？”

“我看过《人间失格》。还有教科书里不是有《跑吧！美乐斯》和《富岳百景》这两篇文章吗？”

“我的印象中，《跑吧！美乐斯》（注3）好像是刊登在公民与道德课本里。那确实是篇好文章，不过总觉得不太对味。哈啾！哈啾！哈啾！”

可能是因为一口气讲太多话，所以她不停打喷嚏。

“你还好吧？”

“嗯，别担心……嘶嘶。那么，你看了太宰治的作品，有何感想？”

“我看不太懂。光看序言就觉得心情很沉重……不过，《跑吧！美乐斯》倒是让我热血沸腾。最后的结局太随便了，我没有被感动，反而有种错愕的感觉。若是《富岳百景》，我只记得照相的情景，不过看过以后，心情觉得很开朗。还有，文章很有节奏感，读起来轻松自在，好像在跟作者对话。”

“没错,那就是太宰治作品的魅力之一!”

学姐用粉红色面纸擤鼻涕,擤完捏成圆形,丢进垃圾桶,又以热烈的语调继续说:“太宰治的作品让人有种好像在跟作者对话的亲切感与现场感。以犹大(注 4)为题材的《狂烈告白》就像口述笔记,像是连珠炮似的紧凑对话让人几乎跟不上,那样的情节安排也很棒。太宰治最大的魔法,就是让读者能够创造出隐形的第二人称。那就是对读者和作品的‘共鸣’。”

“共鸣?”

“太宰治是个拥有两极评价的作家,虽然有人觉得他的作品黑暗、忧郁、沉重而不喜欢阅读他的作品,但是对于喜欢他的人来说,他是个很有魅力的作家,会让人忍不住爱上他。为了悼念太宰治,每年都会举办樱桃忌,到现在还是有很多人参加这个活动。能让书迷如此狂热的太宰治,我想其他文豪都难以望其项背吧?

“为什么太宰治会如此受到爱戴?就是因为读者能从太宰治的作品中看到自己的烦恼与痛苦啊。

“啊,这种心情我懂。我也是这样。这个人跟我一样……看了他的书以后,你也曾有过那样的感觉吧?

“太宰治的作品拥有能引发这种共鸣的魔法。

“因为不管是谁,都希望自己被了解,渴望别人懂自己。

“跟别人不同是很可怕的。孤独也是很心酸的。太宰的作品,会在这种时候直接跟读者的内心对话。一面翻着书页,读者就会跟作者合一,悠游在作品的世界里。啊啊,这就像是我自己的故事啊,这个主角就是我啊……会让人忍不住这样想呢。

“听说太宰治还在世时,有好多读者会写信或写日记给他,对他阐述自己的烦恼。他还会将读者的故事写在他的书里。就像描述平凡少女一天生活的《女学生》，它的前身就是一位女读者有明淑子的日记。她受到太宰治作品的影响，连文体都模仿得很像，如果要说那就是太宰治的作品，应该也会有人相信。”

“片冈愁二一定也是对《人间失格》产生共鸣，才会写出那样的信吧？”

“有可能。他或许把《人间失格》的男主角当成自己的写照了。这就是太宰文学的魅力所在，也是可怕的地方……情绪低落的时候看这本书，真的会让人掉进黑暗的深渊里……”

片冈愁二也是因为被太宰治迷惑，所以才跌入痛苦的境地吧。

“可是，这封信应该还未完吧。会不会像《人间失格》一样，有着第二手记、第三手记呢？”

“哈啾！糟糕，如果真是如此，第二手记出现之前烦恼还没有解决的话，他说不定会自杀呢。”

“请不要说不吉利的话。”

“不过呢，看了他的信就有一种被逼到绝境的感觉……我就算肚子再饿也不想吃这封信。吃了这封信搞不好会像吃了毒药一样，连我也会变得好想死。”

远子学姐的身体颤抖了一下。

“他信里的S又是谁？还有所谓的‘她’……指的是竹田同学吗？更重要的是，片冈愁二到底人在哪里？”

“没错，这是最大的问题。我们要赶快找到愁二学长，如果他真的想自杀或杀人，一定要阻止他。”

“结果呢……能解决这个问题的人，大概只有竹田吧……”

隔天是星期六，学校放假。

到了下周的周一，第一堂课休息时间，竹田同学就跟往常一样，踏着轻快步伐，出现在我的教室门前。

“心叶学长，我可以拿信了吗？”

我对着比平时还要显得高兴的她，劈头就说了这么一句话：

“对不起。我不能写信。我想更了解愁二学长，否则我写不出来。”

竹田同学脸上的笑容消失了，那眼神看起来就像被遗弃的可怜小狗。

“你能不能告诉我更多有关愁二学长的事？你所知道的愁二学长，请你全部告诉我，这样我才能再继续帮你写信。”

“……”

竹田同学低着头。

她手指交握，不停摆动着。过了好一会儿，她才喃喃地说：

“放学后……你能来图书馆吗？我会在地下室的书库等你。”

沿着老旧的螺旋楼梯走下去，不停发出喀喀的声响，走到最下面时，前方有扇灰色的门。

我敲了门。

“请进！”

里面有人响应。

我轻轻将门往后拉开，就闻到了一股甜甜的香味。

那不是鲜奶油或巧克力的气味，而是旧书的气味。

房里满是尘埃，天花板上结满蜘蛛网。房中立着两三个书柜，地板上也有好多书堆。

简直就像书的坟场。正中间有个拥挤的小空间，摆了一张老旧的书桌和椅子。桌上的台灯亮着，整个房间就只有这个照明设备。

竹田同学坐在桌前，好像在写东西。她啪的一声合上小鸭笔记本，静静看着我。笔记本旁摆了一个马克杯，那个马克杯图案跟笔记本一样，都印了一只小鸭。

“这个房间有蟑螂和老鼠。”

竹田同学笑着对我说。

我怯怯地看着自己的脚底。

“所以，图书委员很讨厌这里，几乎不想来。我则把它当成秘密房间，常常待在这里。”

“……是、是这样啊。”

“心叶学长，你讨厌蟑螂吧？”

“……我想，应该没什么人会喜欢吧。”

“或许吧。的确也没有听说有什么蟑螂迷俱乐部啦，或是蟑螂爱好者网站之类的呢。”

“……如果认真比较，老鼠应该比蟑螂更让我害怕吧。小学的时候住在乡下阿姨家，早上醒来发现枕头旁边有只死老鼠，在我翻身的时候，脸就压到老鼠的尸体了。虽然那都是阿姨养的猫做的好事。呜哇，我又回忆起那种感觉了！”

我想起那只尚有体温，满身是血的老鼠尸骸，不禁全身发抖。

“天啊，那真是场大灾难。不过，老鼠‘只是三不五时会出现’，你不用担心。万一老鼠出现了，我会帮你赶走它的。”

竹田同学拍着胸脯说。

“谢谢你，我安心多了。”

“对了，心叶学长，要喝茶吗？”

竹田同学取出橘红色水壶，转开盖子，对着内盖注入琥珀色液体。

“这是焙茶，请用。”

“你的兴趣真是传统呢。”

“嘿嘿嘿，我偶尔会来这里，偷偷泡茶喝。”

水壶的保温效果让焙茶保持在最佳温度，非常好喝。

“谢谢你的招待。”

我将内盖摆在桌上，从口袋里取出昨天竹田同学寄放在我这里，片冈愁二写的信。

“……首先，这个还你。”

“……”

竹田同学默默收过信，夹在小鸭笔记本里，然后将笔记本紧紧抱在胸前。

“如果我搞错了，先跟你说声对不起。我觉得那封信好像不是写给你的，应该是写给别人的，对不对？”

竹田同学的手指动了一下。

“因为信封没有收件人名字，而且从信的内容来看，我不觉得是愁二学长写给你的信。”

“……你说的没错。”

竹田同学喃喃自语。

“信确实不是愁二学长给我的。信夹在书里，我是由于偶然的机会发现的。”

“夹在书里，图书馆的书吗？”

“是的，夹在太宰治的《人间失格》里。因为觉得好奇而拿出来读了，看过以后就吓一跳。我一直很在意，后来实在忍不住，就决定去找愁二学长。”

“去弓箭社找他？”

竹田同学犹豫了一下，才用力点头。

“……是的。”

“可是，弓箭社没有片冈愁二这个人……”

“不，愁二学长确实是弓箭社的。”她抬起头，很激动地说。

“我是说真的，确实有愁二学长这个人。”

我不懂。

竹田同学为什么那么坚持有片冈愁二这个人？

竹田同学所说的片冈愁二到底是谁？

还是我看不到片冈愁二，只有竹田同学才看得到？那未免太恐怖了。

竹田同学将笔记本摆回桌上，一直低着头。

地下书库弥漫着凝重的沉默。

感觉好像听到有老鼠吱吱叫的声音，我试着换个话题。

“嗯，那封信的开头是引用太宰治《人间失格》的内容，你知道吗？”

“……我知道。看了信以后，我把《人间失格》借来看了。”

竹田同学无力地微笑着。

“可是，我是个笨蛋，就算看了《人间失格》，也完全看不懂。为什么这个人会如此痛苦……出生在有钱到可以请佣人的富贵人家，父亲每次去东京都会买礼物送家人，兄弟姐妹、朋友、老师都很喜欢他，头脑聪明，会写有趣的文章，也很有女人缘，还有女生愿意陪他自杀，可是为什么会觉得自己是个羞耻到没有存活价值的人呢？这实在——很奇怪。太自怨自艾了。根本不需要活得那么痛苦啊。”

竹田同学露出极度哀伤、寂寞的眼神。她说到一半就低下头，耸着肩颤抖着，嘴唇持续缓缓嗫嚅。

“……我的感想就只有如此，真是太没用了。我很笨又普通，我真的非常平凡，头脑又很不好，就算穷尽一生，也无法了解太宰治或愁二学长那种渴望死亡的想法。《人间失格》我前后看了五遍，可还是不懂……最后只好痛哭。”

竹田同学的哀伤静静传染到我的胸口。

想了解喜欢的人。

可是，却无法理解。

无法了解对方内心想法的痛苦，我也曾经体会过。

竹田同学好像将泪水往肚里吞似的，喉咙发出声响，然后她拿起鸭子马克杯。

“……这个杯子，是小静送我的生日礼物。小静是我最要好的朋友，她跟我不一样，她很聪明能干……她说我就像这只鸭子，呆头呆脑的，老是会在什么东西都没有的地方跌倒，非常平凡……

“我也知道，我一辈子都会是这样……所以，对于像愁二学长那样忧郁危险的人物，特别吸引我。

“虽然我真的是个平凡的笨蛋，可是我想帮助痛苦的愁二学长。只要我能为他做什么事，我都会尽力去做。”

她的语气透出强而有力的决心。

至少在竹田同学心中，愁二学长是存在的。竹田同学也真的很喜欢愁二学长。

面对这样的她，我无法反驳。

“我也看不懂《人间失格》。”

我只是这么说。

竹田同学抬起头，用一种失落，快要哭出来的眼神看着我。

嘴唇轻微震动着。

我在想，竹田同学是不是又要跟那个下雨天一样朝我扑过来？

可是，她只是喉咙发出声响，嘴角微扬，对我微笑。

“嘿嘿嘿、嘿嘿嘿……原来是这样。在我们这种平民眼中，出生在富贵人家还会觉得羞耻的人看起来真的很愚蠢吧？嘿嘿嘿。”

她努力挤出笑容，但是一点都没有愉快的感觉，最后她还是哭了。

“心叶学长……我喜欢学长的脸。”

“你，你怎么突然这么说？”

她带泪的笑脸一直盯着我，然后喃喃说道：

“心叶学长的脸……非常美丽，感觉很亲切。”

虽然我也曾被嘲笑说长得像女孩子，但还是第一次听到人家称赞我美丽，我真的慌了。

“竹田同学，你好奇怪。”

“我有事想拜托学长。明天放学后，能陪我去弓箭社吗？”

竹田同学的口气强烈到让我吃惊。

“请陪我去弓箭社，我带你去见愁二学长。”

S是危险人物。

S看穿一切。

S会把我毁灭掉吧？

总有一天，我会被S杀死吧？

那该是多么幸福的事啊！

那一晚，我在房里反复阅读《人间失格》这本书，陷入沉思中。

（弓箭社应该没有片冈愁二这个人，那么竹田同学到底打算去见谁？还是说，搞错的人是我？）

隔了好几年再看《人间失格》，仍然觉得这是本悲苦得无药可救的故事，但是或许也因为我在这几年间变得成熟了，所以现在也比较能够理解男主角的想法。

我惊觉到自己有了“啊，我也曾这样想过”、“我也跟主角一样”

的共鸣，不禁感到愕然。

（哎呀，难道我也中了太宰治的魔法？）

“心叶，你的电话。”

妈妈在楼下叫我。

我拿起分机的话筒。是远子学姐打来的。

“哈啾，喂喂，是心叶君吗？”

都是因为她勉强撑着上学吧。今天远子学姐的感冒变得更严重，第二节课就先请假回家了。回家前还脚步蹒跚地专程跑来找我。

“千爱的事情就拜托你啰。不要太感情用事唷。不准欺负千爱哟，如果有幽灵出现，就赶快撒盐逃走哟，有什么事马上打电话给我哟。这是我的电话号码。”

说完，用油性签字笔在我的右手写上她的电话号码。

“哈啾、哈啾，太好了。你总算平安回到家了。为什么没打电话给我？我还在担心你会不会被幽灵给吃掉呢。哈啾。”

我躺在床上，看着远子学姐写在我手上的电话号码。

就算没有刻意告诉我电话号码，看文艺社名册（虽然只有我和学姐两个社员）就知道了。不过远子学姐还是把我的手抓过去，眼中因为猛打喷嚏而含泪，很认真地在我手上写字。远子学姐的手热得让人吃惊，又满是汗水。

“因为你还卧病在床嘛，我觉得不该打扰你。你现在感觉如何？”

“已经没事了。对了，你跟千爱谈得如何？”

这个人所谓的“没事”，根本就不能信任。我一边回想她过去的荒唐行为，一边告诉她关于竹田同学的事。

当她听到明天我们两人要去弓箭社时，她吓到了。

“说不定愁二学长的幽灵会现身呢。心叶君，你一定要记得带盐巴喔。”

怎么老说会有幽灵出现。你不就是幽灵的朋友？既然有会吃书的妖怪，那么有幽灵存在也不奇怪。

我告诉她，我重读了《人间失格》之后好像有点迷上了。她听了之后打了一个喷嚏，噗哧笑着说：

“我也一样，当我心情非常非常非常不好时，也会跟男主角一起掉入痛苦深渊里。太宰治的魔法确实很强烈。”

“远子学姐也会有意志消沉的时候吗？”

“嗯，当老师说我是恋爱大凶星的时候。”

“哈哈哈。”

“还有大家都在吃水果圣代，却只有我一个人觉得很难吃的时候……”

这次我没有笑。我们认为理所当然的美食，对远子学姐来说，只是淡而无味的无机物。

就跟无法与人产生共鸣，而感到痛苦的《人间失格》男主角一样，别人觉得美味的东西，自己却品尝不出味道来，那一刻确实会让人感到孤单落寞。

远子学姐打了个喷嚏，以开朗的声音说道：

“我只好发挥想象力，想象一本美味的书，然后也跟着说‘好好吃哦’。”

“因为你是文学少女嘛。”

“嘿嘿，没错。啊，对了，关于《人间失格》，有个地方我一直看不懂。”

“哪个地方？”

“就是‘不晓得什么是空腹的感觉’这一点。我努力地想象，但就是无法体会那种心情……啊啊，跟心叶君聊着聊着，肚子又开始饿起来了呢。哈啾！”

“……”

就算感冒了，就算心情不好，远子学姐还是那副德行。

我告诉她感冒要多吃维他命C，然后就挂掉电话了。

富含维他命C的书。到底是什么样的书呢？

隔天，远子学姐或许是因保重身体而没有来上课。

放学时，竹田同学来教室接我。

“好了，我们走吧，心叶学长。”

就好像要去游乐园玩一般，竹田同学看起来心情很好。

“怎么了？井上要去约会吗？”

“什么啊，才不是咧。”

同学的调侃，我只是以微笑婉转地否定。

琴吹同学依旧用冷冷的眼神瞪着我。“还说没有跟竹田同学交往呢，真是个见人说人话，见鬼说鬼话的骗子。”她一定这么想吧？

就在竹田同学的拉扯下，我走出教室。

“那个，愁二学长真的在弓箭社吗？”

“都这种时候了你还说这种话啊。一切都妥妥当当了啦。”

妥当？什么事情妥当啊？

怀着不安的心情，我们来到了弓箭社。

“对不起，我们是来参观的……”在练习场出入口，竹田同学朗声说道。

“啊，是千爱啊，好久不见。”

“哇，带男朋友来吗？哥哥我真是太惊讶了呢，千爱！”

社团的人全都跑过来，很亲切地打招呼。竹田同学好像是这里的常客。

（所以竹田同学真的是常常来弓箭社找愁二学长啊……）

我觉得越来越迷糊了。

团员拿了两张椅子过来，我和竹田同学就坐下来。

每当有人射中红心，竹田同学就会开心地拍手大叫：

“哇，好厉害，做得好。”

途中，换上练习服的芥川看到我，脸上露出奇怪的表情。

我向他点点头，他也回了礼。芥川这个人的个性，应该不会多嘴地去告诉班上的人，不过如果被他当做我们是情侣两人一起来参观的话，我还是会很不好意思。

我小声地问竹田：

“喂，谁是愁二学长？”

“我正在找他。啊，那个人！”

竹田同学将手指向前方。

我紧张了一下。

顺着她的手势看去，那个人竟然是正在拉弓的芥川。他背脊挺直，表情严肃，感觉很帅气。

“什么？芥川是愁二学长？”

“咦咦咦？难道心叶学长认识他！”

“他是我们班上的同学。为什么芥川会是愁二学长？芥川是二年级，而且他是打从出生以来就没说过一次笑话的正经家伙耶。”

“喔喔，确实有这种感觉呢。就像是所谓的禁欲主义者吧？”

“咦？芥川不是愁二学长吗？”

竹田同学一直笑。

“不是他啦！我只是想告诉你，那个人是弓箭社最厉害的人。”

啪！

芥川射出的箭正中红心。

“哇！好厉害！正中红心。”

竹田同学跳起来欢呼。

“学长，他真的很厉害吧！”

我不禁有点火大。

“竹田同学，我们可不是来偷窥弓箭社练习情形的外校间谍，也不是为了制造校园新闻，来弓箭社访问帅气社员的新闻社成员吧。”

“我知道。千爱和心叶学长是为了见愁二学长一面，才来这里的。”

“那么，那个愁二学长到底在哪里？”

“这个嘛……”

竹田同学巡视了练习场一圈。

“嗨，各位学弟妹！大家有没有认真练习啊！”

有四五个大人走了进来。

“啊，真锅学长！”

“各位同学，毕业的学长们来了哟！”

“你好，真锅学长！”

“柏木，后来有没有更进步呢？”

“有，我照学长给的忠告练习，箭真的就笔直射出去了！”

“很好，等一下我就帮你看看。”

“那就拜托你了！”

“添田学长和理保子学姐也是好久都没来了呢！”

“嗨，我们又来打扰了。”

“真的是好久不见。好令人怀念哦！”

“理保子学姐，听说预产期是明年。恭喜你啊！”

“谢谢。还早呢！我上星期辞掉工作，现在很有空，下个月也会来看你们。”

“哎呀，理保子，你没问题吧？可别太勉强哦！”

“哈哈哈，真锅就是爱瞎操心。”

好像是来看练习情况的毕业校友吧，里面只有一位女性，其他都是男的。

“听说毕业校友每个月会来一次，指导大家练习。”

竹田同学向我解释。

“那个嘴角留着胡须，长得很帅的人就是真锅学长。他在十年前校队获得全国比赛亚军的时候还担任了队长喔。现在也还是会召集当时的队员，一起来指导这些学弟学妹。”

“你很清楚嘛。”

"因为我常来啊。我可以说是弓箭社的最佳拉拉队。"

竹田同学很骄傲地说。唉,她又岔开话题了。到底什么时候才能看到愁二学长?

就在那时。

"愁二……!"

一个恐怖的叫声传到我的耳朵。

我赶紧环顾四周。

愁二学长终于出现了吧。

可是,不管我怎么看,就是没看到那样的人物。

"说什么愁二!别说傻话了!"

"不可能吧!"

其他人也以恐惧的声调大叫着。

在哪里?愁二学长到底在哪里?

突然闻到一股汗水和烟草的味道,有人用双手抓着我的脸,让我向上仰。

那个嘴角留胡须的男人,眼睛瞪得很大,俯视着我。这个人就是毕业的校友真锅学长。

"愁二……"

烟草的味道和沙哑的声音一起从真锅学长的口中传出。

他一直盯着我,那眼神好像要把我吞下去。

我整个人呆住了。

他叫着愁二——难道是在叫我!?

他是指,我就是片冈愁二?

真锅学长的手终于从我已经僵硬的双颊松开。

“是不同的人吧……”

瞳孔内的狂热消失，他无力地自言自语着。

“没错……愁二已经……对不起。你很像我的朋友。你是新人吗?”

“不是，我是二年级学生，我今天是来观摩的。”

不知从何时开始，毕业校友全围在我身边，以好像看到鬼的眼神看着我。

在那样的视线包围下，让我深感困惑，不知所措。

这种眼神到底是什么意思?还有，他竟然说我长得跟片冈愁二很像，到底是怎么一回事?

那位学姐以阴沉的口气喃喃说道：

“真的很像片冈。不过片冈比较高……可是五官真的很像。就好像是片冈的弟弟一样。对了，你叫什么名字?”

“井……井上心叶。”

“心叶……好奇怪的名字。不过也蛮可爱的。心叶君，你的亲戚中有人姓片冈吗?”

“喂，别再说了，理保子。”

穿着西装、戴着眼镜，看起来很聪明的一位毕业校友学长，阻止理保子学姐继续说下去。

“可是真的太像了嘛，说不定心叶君跟愁二有什么关系呢。”

“没有你说的那么像。可能太久没看到愁二，记忆变淡了，所以才会把有点像的人当作很像的人。”

“是啊……或许就跟添田说的一样吧。”

“真锅……”

理保子学姐露出郁闷的表情。

“对不起。”我突然开口问道，“片冈愁二是个怎样的人？”

校友的学长姐都一起看着我。然后每个人都是一脸难堪地互望着。

“片冈啊，是个很麻烦的人呢。”

理保子学姐突然冒出这句话。

“个性随便，很爱胡闹，一开口就是在开玩笑。”

“理保子，别再说了。”真锅学长阻止理保子学姐继续说下去。然后他看着我苦笑。

“愁二是弓箭社社员，跟我们同期。”

同期！

这么说来，愁二学长跟真锅学长他们都一样是弓箭社的毕业校友啰。

确实有片冈愁二这个人。

可是，不是在现在的弓箭社，而是以前的弓箭社！

我无意识地看了竹田同学一眼，发现她睁大眼睛紧盯着那群校友。

奇怪？竹田同学不知道片冈愁二是毕业生吗？还是什么都不知道就喜欢上他了？这种事也是有可能的吧。

“那么，愁二学长现在怎么样了？”

常常觉得“自己的幸福观跟世界上所有的幸福观不同，感到像是要被吞食似的不安”，所以就选择扮演小丑这条路的片冈愁二，会是个什么样的人呢？

在我身旁的竹田同学，轻轻地倒抽了一口气。

真锅学长的脸色越来越阴沉。

“再也无法见到愁二了。对不起,因为这不是什么愉快的话题,所以我不想再说下去了。吓到你真是不好意思,心叶君。”

“好了,大家继续练习吧!”

戴眼镜的校友学长以开朗的声调喊着,大家都不再谈论愁二学长。

那些学长都走开了,要去指导学弟学妹练习,只留下我和竹田同学站在原地。

竹田同学表情僵硬,直盯着靶心看。

她的眼神像是看见了憎恨的仇人一样十分锐利。

“竹田同学!”

我叫了她,她才一脸失落地看着我。

“……对不起,今天愁二学长好像没有来。”

第四章

五月放晴天，他……

聊聊S的事吧。

S是最了解我的人，也是不共戴天的仇人、好朋友、我的半身，又是跟我水火不容的人。

S以令人恐惧的聪颖，看透了我的一切。

为了希望世上的人认为我很完美所使出的小丑伎俩，只有在S身上完全行不通。

因此，我很怕S。

因为害怕，所以无法从S身边逃离。

不管是在教室或参加社团活动，我都跟S在一起。

我觉得S的眼神就好像上天在审判人，恐惧和羞愧让我不停发抖、冒冷汗。

这个世界是地狱。

而我就是S的奴隶。

隔天的午休时间，我到图书馆，调阅以前的毕业纪念册。

我坐在阅览区的椅子上，开始翻起十年前的纪念册。

里头有一张弓箭社在全国大会获得亚军时拍下的照片。当时还没有留胡须的真锅学长、戴着眼镜的那位校友学长，还有理保子学姐等人拿着奖状和奖杯，很高兴地笑着。

照片里好像没有片冈愁二这号人物。

接着，我又看了全班合照。

仔细看每个人的脸寻找跟自己长得很像的人，这种感觉真的很奇妙。

一班、二班、三班、四班。

每当我翻到下一页，就觉得好像有只冰冷的手在轻碰我的脖子一样紧张得打冷颤。

找到了，三年五班的毕业照。

照片下面列记了学生名字，其中就写着“片冈愁二”四个字。

可是，这些大头照里并没有他的踪影。在那一页有个像是原先贴了照片的空白处。

那张照片被剪走了，剪得很整齐。

那个空白处应该有照片，这到底意味着什么？

还有，到底是谁把照片剪掉拿走了？

我不禁颤抖了一下。

（难道片冈愁二还没毕业就转学了……还是……因为生病或受伤住院，无法拍集体照……还是……）

我合上毕业纪念册，走到计算机区，用十年前的年代和片冈愁二的名字、学校名称进行搜寻。

搜寻到一则旧新闻。

我看了那则新闻，顿觉目眩头晕。

十年前的五月——圣条学园三年级学生片冈愁二（十七岁）从顶楼跳楼身亡。

“顶楼”“跳楼”这几个字揪紧了我的心脏，古老记忆之门剧烈摇晃着。

这是怎么回事？

我觉得喉咙很干渴，脑袋晕眩。

偏偏是顶楼。

偏偏是跳楼。

最糟糕的情况。

报导说，他在跳楼之前，还拿刀子刺入自己的胸口。还说，因为他在家里留了遗书，所以被认定是自杀。

一股无名的悔恨与绝望不断涌上来，让我好想吐。

天啊，为什么“老是这种情形”？

在第二手记还没出现之前，片冈愁二也跟太宰治一样，亲自结束了自己的生命。

“怎么会这样！愁二学长在十年前就已经自杀身亡了……”

放学后我到文艺社。远子学姐听了我的话后，整个人也呆住了。

“千爱知道这件事吗？”

“我不知道。”我冷静地回答。

当我从图书馆计算机看到片冈愁二的自杀新闻时，头晕与想吐的感觉同时袭来，我还担心自己会不会又出现那种症状了，不过混乱就像海浪一样来了又去，最后只留下无限的疑问。

“根本不可能见到十年前就过世的人，所以竹田同学是在骗我们。她为什么要做这种事？这么做对竹田同学有什么好处？”

“……她说你跟愁二学长长得很像，也许跟这件事有关。对了，心叶君，你的亲戚中真的没有人姓片冈吗？”

“没有，至少我没听过。”

那个下雨天，竹田同学哭着跑来，对我叫着“愁二学长”。所以竹田同学应该早就知道我跟愁二学长长得很像。

这样的话，她为什么要接近我？

远子学姐用双手各抓着两个发辫的尾端，突然站了起来。

“我知道了！说不定愁二学长和心叶君是对有血缘关系的兄弟。表面上愁二学长是自杀身亡，但也许背地里他被卷进一件可怕凶残的阴谋里，觊觎着遗产的亲戚们，为了杀掉身为财阀继承人的心叶君而陆续派出杀手。千爱其实就是暗中保护你的保镖，然后，然后……”

“别再胡说八道了，你编的故事未免太烂了。”

被我一叫，远子学姐显得垂头丧气。

“对不起，我忍不住幻想起来。”

“我看你可能是感冒搞到脑浆都沸腾了吧？”

“真过分！我的感冒早就好了。还有，我的推理也不见得完全不正确。”

“推理？刚才那些根本不是推理，而是妄想吧。”

“唔……”

远子学姐很生气，又鼓着腮帮子。

“我知道了。这件事一定要好好调查。说不定我的推理真的会‘多少猜中一些’呢。”

“十年前的事该如何调查呢？”

“去问十年前就在这所学校任教的老师啊，或者去问文艺社的毕业校友，我想总有办法可以查出来。”

“我们文艺社有毕业校友吗？”

远子学姐挺起平坦的胸部，取出一本笔记本。

“嘿嘿！这里有圣条学园文艺社历代成员的名册。嗯，十年前的毕业生……你看！就有三个人呢！”

真少！

“赶快跟他们取得联系吧！”

变得很兴奋的远子学姐，硬把我从文艺社拉出去。一楼有公用电话，远子学姐边看名册边按号码。具有破坏机器之天赋（？）的学姐，当然不会有手机。而我的朋友很少，更不可能随身携带手机。

先打给第一个人。

“这个电话号码暂停使用，请查明后再拨……”

又打给第二个人。

“嗯？小林？这里是柿本的家。”

再打给第三人。

“呵呵呵呵呵呵，我们家的雅臣啊，去年春天就到法国巴黎的研究室工作了。呵呵呵呵呵呵。”

“反、反正还有十年前的高二社员和高一社员嘛。”

远子学姐笑着翻阅名册。

打给其中一位高二生。

“您所拨的号码无法接听，请稍后再拨……”

再打给第二位高二学生。

“什么？文艺社？我现在正忙得昏天暗地，半年后再打过来。”喀嚓一声，挂断了。

高一生。

“没有，没有高一生。一片空白。”

看着空白的名册栏，远子学姐露出哭丧的表情。

为什么我们这个社团没有被毁灭，还能继续存在？这个问题比片冈愁二到底是何许人更像个谜。

远子学姐将话筒挂在肩膀上，玩弄发辫尾巴，我很冷静地告诉她：

“我看你还是死心吧。竹田同学和愁二学长的事，我们都不要管了。”

说真的，当我知道愁二学长跳楼自杀以后，我就觉得很害怕。顶楼会让我想起最讨厌的事。

远子学姐转过头，以略带落寞的眼神看着我。

“心叶君打算就这样算了吗？”

“这个嘛……跟自己长得很像的人竟然自杀身亡，这让人很不舒服。而且我总觉得竹田同学和弓箭社的前社员学长学姐们好像隐瞒了什么事。不过，这也没办法。”

“……”

远子学姐消沉地垂下了眉，然后拼命摇头，像猫尾巴的发辫也跟着一起摆动。

“不行，还是不行。说不定愁二学长的灵魂也很想知道真相如何，所以他才从另一个世界把我们叫出来。如果就这样算了，愁二学长将无法成佛升天，我也品尝不到千爱亲手写的美味报告。”

在另一个世界里，那不就是成佛了吗？所以她最在意的还是食物吧……

她紧紧抓着我的手，以坚定的语气对我说道：

“没错，不能就这样算了。再继续调查一阵子看看吧。我……我……为了这件事，我脱了。”

什么？

隔天，我们来到学校的音乐厅。

这里算是管弦乐社的地盘，并不作为授课所用。听说这座音乐厅是管弦乐社的校友和后援会的人出资合建的。

管弦乐社成员很多，每年都参加全国大会，而且都赢得很好的成绩。历代校友也有人活跃于世界舞台，听说学园理事长的儿子也是来自这个管弦乐社。

因此，在众多社团中，管弦乐社就显得很特别。跟成员只有两位，把置物间当成社团教室的文艺社相比，差别简直就像保养设备完善的大豪宅与没有卫浴设备的老旧公寓。

推开有隔音设备的厚重大门，眼前就看到一个可以容纳千人的大会堂。手上拿着小提琴、中提琴、大提琴等乐器的社员们，正在外聘专业讲师的指导下认真练习。

各种乐器的声音一齐传到耳朵里，感觉好像正在经历一场声音的洪水风暴。

“太厉害了……这些全都是管弦乐社的社员啊。”

我本来以为弓箭社人数很多，没想到管弦乐社人数更多。粗略数来少说也有上百人吧！

“哼……又不是人多就好了。”

在我身旁的远子学姐不服输地说。

除了这个大会堂，还有好几个小房间。我们就在管弦乐社成员的带领下，进到了其中一个房间。

“就是这里。”

“谢谢你。我们自己进去就可以了。”

“好，那我先告辞了。”

带领我们进来的社员离开后，远子学姐露出坚定的表情，用力地推开门。

“嗨，我来了，麻贵！”

突然闻到一股刺鼻的颜料味道。

（这是什么啊？）

里面很亮，阳光从天窗照射进来，有一片墙壁贴满了画在画布上的油画以及画在素描本上的写生。房间的中央有张搁在架子上的画布，前面坐着一位女学生，她手握画笔看着我们，露出了微笑。

“啊，太好了，你真的没有爽约。”

棕色长发在阳光照耀下，闪烁着金色光芒，非常耀眼，让人忍不住眯起眼睛。

那位女生五官轮廓立体鲜明，个子也比男孩子高，看起来英姿焕发。她跟远子学姐不一样，有着前凸后翘的丰满身材，整个人散发出一股强大的魅力。

这个人就是姬仓麻贵。

她是学园理事长的孙女，也是管弦乐社长兼指挥。不凡的身世与容貌，让她成为大家口中的“公主”。

“啊，他就是心叶君吗？长得真可爱！我是姬仓麻贵，叫我麻贵就可以了。”

当她用明亮有神的目光看着我时，我觉得很紧张。

“请多多指教，麻贵学姐。”

我赶紧打招呼，她看着我一直笑。

虽然被冠上“公主”这样的尊贵称呼，学校也对她特别礼遇，但是她却不会因此感到羞耻或胆怯，而是大方地接受这一切。

或许这是因为，她是跟我不同的“真正上流阶层”吧。麻贵学姐兴趣盎然地观察过我后，将视线转移到远子学姐身上，很高兴地眯着眼睛。

“嘿……竟然带心叶君来，你真是大胆啊，远子？你知道接下来要做什么吗？”

远子学姐鼓着腮帮子。

“麻贵，我拜托你的事，你认真地帮我查过了吗？”

“别小看我们唷，本社跟贵社不一样，校友简直多到可以大把丢掉呢。要找人提供情报根本一点都不费事。”

“哼，我们文艺社是少数精锐部队，宁缺毋滥。”

“是是是。还有，我的家族全部都是本校的校友。其中也有在警察那边吃得很开的人，我也请人家帮我调查关于片冈愁二的事了。”

“结果呢？结果如何？”

麻贵学姐的嘴角整个往上吊，不怀好意地笑着，直盯着远子学姐看。

“情报嘛，要用我说的条件交换。远子，你应该觉悟了吧？”

“我知道了啦。”

“那就脱掉衣服，坐上这张椅子。啊，你随便摆姿势就好了。我会自己找角度的。”

“呜——”

远子学姐脸颊泛红，纤细的手指停留在胸前的钮扣上。

“请等一下。要脱衣服是怎么回事啊？脱了衣服以后又要干什么啊？”

我完全搞不清状况，一脸羞怯的远子学姐和满脸高兴的麻贵学姐各自回答道：

“当模特儿啊。”

“没错，是裸体模特儿。”

裸、裸体！

“我从刚开学时注意到远子之后，就开始说服她了。希望在毕业之前，能有机会画远子的画像。真正的美少女，保持自然就是最美的。戴首饰、穿衣服，根本就是旁门左道。想不到我终于有这样的机会，实在太 LUCKY 了！”

远子学姐的脸越来越红。

“呀——才、才不是这样。我又没有说要全部脱光。而……而且……也要先看你能给我什么情报啦。”

“也就是说，只要情报够丰富，你脱到最后一件也无妨啰？”

“那个……那个还在考虑中。”

“好了，总之先开始吧！对了，心叶君，你就随意坐在那边的椅子上，仔细欣赏远子的裸体吧。”

“我都说了没有要全裸嘛！”

我很冷静地说道：

“远子学姐根本没有胸部哟！是名副其实的飞机场喔。让远子学姐当裸体模特儿真的好吗？”

“心叶君！”

“哎呀，真是叫人吃惊呢！你看过远子的裸体吗？”

“就算她穿着衣服，我也想象得到。怎么看都扁扁平平的不是吗？我觉得还是找身材凹凸有致的人来当模特儿比较好吧。”

“太过分了！虽、虽然没有大到那种程度，不过也是有稍微的隆起嘛！才不是扁扁平平的呢！”

麻贵学姐发出扑哧一声，然后抱着肚子狂笑不已。

“哈哈哈哈，啊哈哈哈哈哈哈哈，这位少年的个性真有趣。没错，远子确实是扁扁平平的呢……哈哈哈哈哈哈……”

“麻贵，你再笑我就要回去了！”

“呵……嘻嘻……了解。”

远子学姐仍是一脸气愤，就开始解开胸前的钮扣。

最上面的钮扣啪的一声解开了。

雪白的锁骨顿时飞进我的眼帘。

“不过，远子啊，能够画你，我真的很高兴。”

麻贵学姐跷着腿，摊开膝盖上的素描本，以锐利的眼神看着远子学姐。

“其实我并不想参加管弦乐社，我想参加美术社。可是却因为奇怪的惯例，爷爷他们硬把我塞到管弦乐社。这个房间是作为我答应进管弦乐社的交换条件而得来的。放学后我有一半时间都是在这里画画。看着想画的对象，彻底研究她的每一寸皮肤，为了画出这个人真正模样而挑战各种错误尝试的时间，真是比什么都让我觉得幸福。”

麻贵学姐热情地说着，同时拿起木炭画笔，开始在白纸上描绘远子学姐的模样。

远子学姐手抱单膝，坐在椅子上，脱掉弯曲着的那只脚的鞋子，喀隆一声丢在地上。

接着连袜子也脱了。唰地一声，露出白皙的脚踝和美丽的脚趾头。脚指甲跟手指甲一样，呈现淡淡粉红色泽。

远子学姐将脸靠在膝盖上，以判若两人的冷静语调喃喃说着：

“麻贵，告诉我吧。愁二学长真的是自杀身亡吗？他从顶楼跳下去的时候，胸口上不是插着一把刀子吗，有没有可能是别人刺进去的？”

麻贵学姐边画边回答道：

“看起来确实是有他杀的可能。不过，那把刀上只有片冈愁二的指纹。而且，片冈愁二有自杀的动机，也在他家里找到了遗书。因此警方认定他是自杀。”

“动机……?”

咻噜。

远子学姐松开一边的发辫，将头发散开。柔亮的黑发像波浪般柔软，披垂在她的身体上，我像是被她吸引过去似的倾出上身。

麻贵学姐吸了一口气。

远子学姐的表情成熟又性感。双唇轻闭，以迷蒙的睡眼望着前方。

(太让人意外了。想不到……远子学姐可以如此性感。)

“……当时片冈愁二跟同年级的城岛咲子在交往。听说感情很好。咲子是位乖巧、善解人意的美少女，愁二很珍惜她，也很喜欢跟大家炫耀这位女朋友。愁二本来就很会讨好别人，会为了惹人欢心而说笑，所以如果问他跟咲子的事，他就会把去哪里约会，昨天晚上打电话聊了哪些事，全都说出来。

“咲子也很爱慕愁二，愁二的社团活动结束之后都会去弓箭社前面等他，然后两人甜蜜融洽地一起回家。”

砰咚。

远子学姐将另一只鞋丢在地上。

“可是呢……当两人升上高三后没多久，某天愁二因为被社团的事拖得很晚，咲子只好自己一个人回家，结果却因车祸而身亡。”

“车祸……”

远子学姐仍是双眼迷蒙，缓缓地自言自语着。

“明明变红灯了，咲子却冲到马路上，结果被正准备转弯的卡车撞到——好像是当场死亡的。”

“……”

远子学姐沉默不语，将另一个发辫也松开了。

波浪鬈的黑发就垂落在腰上，包覆着纤瘦的身躯，美得就像司掌艺术的缪斯女神。我突然觉得心跳加速，口干舌燥。

“……为什么城岛咲子要闯红灯？”

“嗯……说不定是有急事？或是以为没有车子所以闯红灯也没关系……总之，咲子死了，愁二失去了最心爱的人。愁二很后悔，觉得那时如果跟她一起回家就好了。结果在咲子死后一个月，他也自杀身亡。”

我的脑海里浮现出从顶楼跳下的男生模样，顿时指尖麻痹，嘴角僵硬。

不可以这样。

这已经是十年前的事了。

这跟“那件事”又没关系。

为了不让远子学姐她们发现我的异常反应，我拼命地调整呼吸。

远子学姐听过后，只是淡淡地问：

“愁二学长留在家里的遗书里，到底写了什么？”

“就写着咲子是因他而死。没有咲子他也不想活了，所以他要追随她而去。还有……”

麻贵学姐突然停住不说。

啪嚓。

远子学姐解开了第二颗钮扣。

“又写着‘我活在世上真是太对不起了’。”

就好像是亲耳听到那句话似的，我整个人起了鸡皮疙瘩。

远子学姐将脸靠在膝盖上，食指放在嘴唇上，陷入沉思。

我忍着胸口的闷痛，问麻贵学姐：

“片冈愁二到底是个怎么样的人？”

“平易近人，个性开朗，喜欢说笑。只要有他在的地方，就会充满笑声，听说人缘很好。然而，他一个人独处时，表情就会变得很严肃，感觉很落寞的样子。女孩最喜欢这种男生吧，所以他好像很有女人缘，也有很多女性朋友。每个女孩子都说他很温柔体贴。都说他是个非常和善的人……还说他偶尔展露的腼腆表情充满了让人无法招架的魅力。

“每次练习射箭时，就会有一大堆女生聚集，害得大家都不能练习，所以愁二常被社团经理责骂。尽管如此，他还是微笑面对，结果经理看了更生气。看到这种情况，四周的人都笑了——总之，在愁二身边永远都有热闹无比的感觉。”

跟竹田同学第一次与我聊到愁二学长个性时的感觉一模一样。

开朗乐观、和蔼可亲的学长。

平常很搞笑，只有在射箭时才会表情严肃。

可是人缘好，个性开朗的他，是自己创造出来的悲哀小丑角色，并不是真正的他。在竹田同学给我看的信当中，他一直反复地说，说他自己是个无法爱人的妖怪。活在这个世界上，让他感到羞耻。他无法忍耐这种事情被别人知道，所以一直想死。

那封信就夹在太宰治的《人间失格》里。

片冈愁二为什么又准备了另一封遗书?

其实那是想要写给某人的信吧。

是写给最了解他,会毁灭他的S吗?

还是另有他人?

远子学姐解开第三颗钮扣。

从上衣空隙中,可以窥见一点雪白的肌肤与白色的蕾丝衬衣,这让我心跳加速。

“愁二学长有什么特别亲近的朋友吗?”

麻贵学姐一边动手画,一边以贪婪的眼神直盯着远子学姐看。

“他有很多‘亲近的朋友’,不过想成为‘特别的’就很难了。跟他同班,同时也是弓箭社伙伴的真锅茂、添田康之,他似乎常跟这两个人在一起。在这三人当中,真锅是领导者,添田是个行事周详的跟随者,愁二则负责制造麻烦与事件。当时真锅也跟社团经理濑名理保子在交往,他们经常会带着女朋友,五个人一起出游。理保子毕业后就跟真锅分手,开始跟添田交往,现在两个人已经结婚了,变成添田理保子。”

真锅茂(Manabe Sigeru)。

添田康之(Soeda Yasuyuki)。

濑名理保子(Sena Rihoko)。

还有女朋友,城岛咲子(Kijima Sakiko)。

这些人的姓或名字都有S。

“对了对了,我还帮你借到片冈愁二的照片。”

麻贵学姐停止画画,将照片翻到背面,递到我们面前。

然后，意有所谓地问道：

“想看吗？”

“……麻贵真下流。”

远子学姐完全认输似的喃喃说着，然后解开第四颗钮扣。

麻贵学姐露出笑容，却仍然没有任何动作。

远子学姐瞪着麻贵学姐，解开第五颗钮扣——也是最后一颗。

上衣完全敞开，露出穿着衬衣的胸部。白色衬衣下是一件浅紫色胸罩。这下子，我真的不晓得该将视线往哪里摆才好了。

麻贵学姐还是无动于衷。远子学姐低着头红着脸说道：

“喂，我的感冒才刚好呢。再脱下去又会感冒了。”

“如果又感冒了，我带你到我们家族常光顾的医院看病，会给你安排一间特别病房，让你好好养病的。”

“够了，你再不让我看照片的话，我就跟你绝交。”

远子学姐气到鼓着腮帮子。我赶紧打圆场：

“远子学姐的脾气很拗，她真的会跟你绝交。而且就算再脱下去，平胸依旧是平胸。即使只剩下一件衬衣，看起来还是很平。”

突然，我的头被一张裱好的画板敲了一记。

“可恶！心叶君是大笨蛋！”

刚才那种又成熟又优雅的气氛已经荡然无存，远子学姐双手高举画板不断地打落，还含泪大骂道：

“笨蛋！笨蛋！笨蛋！”

“哎呀，真是的，就饶了他吧，远子。我实在拿你没办法。”

麻贵学姐总算愿意将照片翻面。

远子学姐停止打我，跟我一起探出头看照片。

照片里有三个男学生和两名女学生，穿着改制前的旧制服。面貌精悍的男生是真锅学长，戴着眼镜、看起来很聪明的是添田学长，气势逼人的美女是理保子学姐。站在正中间，身材瘦削、皮肤白皙的女孩应该是城岛咲子吧！跟咲子很不好意思地手牵手的那个人，就是片冈愁二。

长长的刘海披垂于额头，长相斯文很像女孩子，露出温和的笑容。

个子比我高，长相也比我成熟。

可是，除此之外……

我不禁倒吸一口气。远子学姐的眼睛也瞪得很大。

“跟心叶君好像哦！”

没错，片冈愁二就好像我的哥哥或叔叔一样，真的跟我长得很像。

为什么会跟S成为好朋友？现在回想起来也觉得很奇妙。

刚开始S很讨厌我，老是瞪着我，总对我冷言冷语。

当我扮成小丑取悦大家时，只有S用严苛的眼神看着我。

这家伙，看透了一切。

这个想法让我内心的支撑力完全崩溃，我就像一只趴在地上的小狗，狼狈不堪。

可是我却主动去接近S,在S的面前表现得愚蠢、无力且卑屈,只为了软化S对我的态度。

S或许是同情我吧,像是觉得拿我没办法一样,开始会对我露出笑容了。我越来越想接近S,拼命地称赞S,并发誓要对S忠诚。就这样,我和S成为主人与奴隶般的好朋友。

可是,S是我的敌人,这件事依旧没有改变。

对于我扮演小丑这件事,S有时会以哀伤的眼神或无法释怀的态度责备我。当他指责我在说谎的时候,我突然觉得有一种一脚踩空,头下脚上地摔落深渊的感觉。

那是我的罪过吗?天生就无法体会别人的想法,这是我的错吗?我无法感到悲伤,也无法亲切地去爱人,只好继续危险的演技。我会变成这样,错在我吗?啊,一定是那样的。我一诞生就是个罪人,我只是披着银白杨树皮的该隐。就算因为这样被责怪,那也没办法。我什么事都无能为力,只能感到无限痛苦。

S会对我做出什么事来?

他会要求我停止扮演小丑吗?

如果我是妖怪的事情曝光了,大家一定会拿石头丢我吧?

你们什么都不知道!天生是只妖怪的人,心中那种有如被火焚身的痛苦与恐惧,你们根本——根本就不会懂!

在那一瞬间,我对于S的"正直"突然觉得很厌恶,厌恶到喉咙发热,全身颤抖。

竹田同学到底有多了解片冈愁二?

隔天,第三堂课休息时间,我坐在自己的位置,思考这个问题。

竹田同学今天还没有出现。

竹田同学到底在想什么?她的目的又是什么?

还有,片冈愁二为什么会在女朋友死后就自杀?

看了他的另一封“遗书”,就可以发现他为自己无法真心爱人而感到痛苦。这样的他,怎么可能会在女朋友身亡后,自己也走上绝路?

如果女朋友的死不是让他寻死的理由,会让他下定决心自杀的理由又是什么?

信里他还说自己杀了人,到底是什么意思,我真的不懂。

也许是因为他认为咲子的死与他有关,所以才会那样写吧?而且看他的信中内容,好像他亲眼看到人死去的样子……

啊,不行了。谜题太多了。说不定就像《人间失格》一样,他也留下了第二手记吧。譬如,可能夹在太宰治的其他书里……可是,如果是那样的话,岂不是马上就被人发现了吗……奇怪?

我突然想到了这个问题。

竹田同学说过,她是在《人间失格》中发现了愁二学长的信。

愁二学长从顶楼跳楼身亡,那已是十年前的事。

十年这么长的时间,信都不会被人发现,不是很奇怪吗?如果是《人间失格》那本书，应该会有很多人借吧……

感觉有人在看我，我不禁抬起头。

“……”

琴吹就站在我面前，好像有话要跟我说，一直看着我。

“给我零钱。”她冷淡地说着。

“什么？”

“十元，你还没给我。”

“啊，对不起！”

糟了，我忘得一干二净了。我赶紧拿出皮夹。但很不幸，没有十元硬币。

“那个、那个……”

“算了，改天再还我好了。”

“对不起……”

哇，真是尴尬。十元这点小钱就算欠着也无所谓吧……

琴吹同学好像还打算抱怨些什么，还是站在原地不动。她的脸颊微红，视线迷惘地左右游移，然后突然开口说道：

“喂，你知道竹田千爱跟高一的男生交往的事吗？听说感情很好，已经陷入热恋中了。”

“什么……”

我呆住了。琴吹同学依旧冷静地说：

“这是真的，我是在图书委员会里听到高一学生说的。他们从四月就开始交往，每天都一起在中庭吃便当。井上，你是不是被劈腿了？啊，不过，你不是说没跟竹田交往吗？那就不关你的事了吧。”

"……谢谢你告诉我这个消息。"

琴吹同学好像吓了一跳。一定是因为我当时的表情很恐怖吧?

上课铃声响起,琴吹同学丢了一句"要记得还我十元哦",然后就逃走了。她的表情看起来似乎快要哭了,但是我实在没心情再理她了。

竹田同学跟高一男生交往?怎么会这样?

午休时间。我来到了中庭。

五月的天空有白云浮现,风也是温热的。到处都可以看到在吃便当的学生。其中也有竹田同学和她的男朋友,那位高一学生。

两人并坐于草地上,膝盖上面铺了一条餐巾,便当就摆在上面。

两人的餐巾是不一样的颜色,竹田同学是粉红色,她的男友是蓝色。便当盒也不同,男生的便当尺寸足足大了一圈。

竹田同学很高兴地在跟他聊天。

"哪哪,好吃吗?小广?这个虾丸是我的新作品。"

"真厉害!有点辣辣的,实在是太美味了——"

"嘿嘿嘿,我用辣椒粉调味过了。还有,我也加了一点葱。很下饭吧?"

"是啊。小千真的是位厨艺高手——"

"为了小广,我可是很努力呢——"

"小千,周日篮球社不用练习。我们去看电影好吗?"

"哇——我要去!万岁,这是我们第四次约会呢!"

坐在竹田旁边，看起来有点害羞的男朋友，好像就是那个下雨天追着找竹田同学的男孩子。头发剪得很短，像个纯朴的运动少年。

两人聊得很高兴，不管怎么看都像是一对恩爱的情侣。

"啊……"

竹田同学发现了我，表情立刻僵住。

我并没有觉得自己做了坏事，但耳朵和脸颊却热了起来。我觉得又羞耻又不甘心，看了竹田同学一眼，马上就转身离去，快步走回教室。

（怎么会那样？）

（这到底是怎么回事？）

放学后，我打算到社团，一走出教室就看到竹田同学在走廊等我。

她看起来磨磨蹭蹭，紧闭着嘴，我不理她，默默从她面前走过去。

"啊……"

竹田同学跟在我后面。

就这样默默走了一段路后，我依旧看着前方，冷冷地说：

"什么事？"

"……"

"是要来跟我说明男朋友的事吗？"

"小……小广他是……"

"四月就开始交往的吗？每天午休时间一起在中庭吃你做的

便当,已经约会过四次了吧?”

连我自己都觉得口气很不好,但是就忍不住想生气。

我这两星期帮她写情书,还去了弓箭社,又到图书馆调阅以前的毕业纪念册,帮了她不少忙。

看到竹田同学很幸福地在谈论愁二学长的事,我也很希望能将竹田同学的心意可以传达给学长,竹田同学每天都很高兴地来找我报告愁二学长的事,就算被班上的同学取笑,我还是觉得很高兴。当竹田同学哭丧着脸对我说,她想帮助愁二学长时,我也跟她一样觉得很难过。

但是她竟然在四月就已经有男朋友了?到现在也是感情很好,陷在热恋中?

开什么玩笑!

走到楼梯间平台,我停下脚步,回头瞪着竹田同学。

竹田同学缩着身体,低着头。

“明明已经有男朋友了,却还装作暗恋弓箭社学长的样子,你到底想要我为你做什么?你的目的到底是什么?”

竹田同学看起来很难过的样子,一直沉默不语。

“回答不出来就算了。反正一直以来你对我说的话,全部都是谎言吧?片冈愁二十年前就跳楼身亡了。”

当我说出这句话时,竹田同学震惊地抬头看着我。虽然我知道,就算再责备她也是于事无补,但我还是忍不住继续说下去。

“片冈愁二只是活在你幻想中的人物罢了。我不想再被人耍得团团转了。就算是十年前的事,但我知道一个跟自己长得很像的人从顶楼跳楼身亡时,感觉还是很差,我想尽快忘了这些事,所以请你别再来教室找我了。”

我转过身，开始上楼。那时候竹田同学拼命地挤出声音对我说道：

“像……像心叶学长这样的人……是不会懂的……”

我回过头，竹田同学一脸落寞地看着我。

那表情跟我认识的那个女孩最后看我的表情很像，让我震住了。

（美羽……！）

竹田同学紧咬着唇，低着头，飞也似的下楼。

我就愣在原地，久久无法动弹。

——心叶你，一定不懂吧？

第五章

“文学少女”的推理

要怎么做才能找出S的弱点呢?

只要让S的心动摇了,一定可以挖出所有秘密吧!

不管醒着睡着都在想这件事的我,在想不到的情况下终于得到了让S崩溃的钥匙。

五月的最后一个周六与周日,我过得很忧郁。

在房里玩电玩时,看电影的DVD时,跟念小学的妹妹玩游戏的时候,还有跟家人吃饭的时候,脑海里都会浮现出竹田同学落寞的表情，以及她说的那句话“像心叶学长这样的人……是不会懂的……”而且还有另一个人的表情与声音重叠在一起，害得我一直郁郁寡欢，无法释怀。

晚餐前，我跟今年刚上小学一年级的妹妹舞花在客厅玩排七，正忙着端菜的妈妈问道：

“心叶啊，你看起来没啥精神，是不是在学校发生了什么事？”

“没有，没什么事，就跟平常一样。”

“是吗？”

“真的啦，没有什么事啦。”

妈妈微笑道：

“没事就好。自从上高中后，心叶又变得跟以前一样开朗活泼。我想学校生活一定很快乐，我总算可以放心了。”

“……是啊，每天都很快乐。”

虽然现在暂时感觉不悦，不过明天开始，一定可以恢复普通的生活吧。

没有争吵，没有对立，没有抱着太大的希望，只想过着安稳平凡的生活——放学后就去文艺社，一直待到夕阳将房间整个染成金黄色，帮远子学姐写点心文章，听远子学姐高谈阔论，然后对远子学姐吐槽……

“好了，可以吃饭了。小舞，叫爸爸来吃饭。”

“好——”

舞花啪哒啪哒地跑掉。妈妈语气温柔地对我说：

“心叶，我和爸爸都认为只要心叶平平安安、活得幸福，这样就够了。”

"谢谢你,妈妈。"

两年前的我,让家人非常担心。

那个不符合身份的荣光之代价,令我失去了长久以来最珍惜的重要事物。

我希望再也不要发生那种事了。

吃完晚饭后,我躺在床上,戴上耳机听着喜欢的音乐。那是节奏明快,会让人有好心情的音乐。

突然间,我想起了远子学姐。

"远子学姐今天吃了些什么呢?"

我最近都没有帮远子学姐写点心了。

当我告诉她竹田同学有男朋友的事时,她露出非常哀伤的表情。

为了收集情报在学弟面前脱衣服,结果却发现自己被骗了,真的会让人感觉悲愤,很想大哭一场。

"求求你,不要哭丧着脸好不好。至少还可以拿到她写的报告吧?我看她跟那个男朋友很恩爱,一定会写出远子学姐最喜欢的甜美恋爱报告哟。"

我以开玩笑的口吻说着,但是远子学姐的表情变得更哀伤,她摇摇头回答:

"不是的。哭丧着脸的人应该是心叶君才对。"

听到这样的回答,我也无法回嘴了,只好保持沉默。

妈妈也好,远子学姐也好,她们都很担心我。

一想到此,我就觉得很丢脸,又很愧疚。

“明天就帮远子学姐写些甜美的故事吧……”

就像一点一滴逐渐注入毒药似的——S越来越倾向疯狂，我只是用冷静的眼神观察着他。

我知道S的态度不像平常一样，那样地从容不迫。

S的眼光不断游移着，S的声音也在颤抖。

S一个人独处时，会不停地叹气，还会抓头发，像受到惊吓般突然回头看。

那一刻就快到了。

已经准备就绪。

接下来就只要拿起钥匙打开门就好。

我写了信给S。

我在顶楼等你。

我们来聊聊真心话吧。

隔天也是好天气。

从教室窗户往外看的天空很蓝，很澄澈，树的嫩叶也闪闪发光。

午休时间，我正从窗旁探头出去，吸一口初夏清新空气的时候，芥川走了过来。一向惜话如金的芥川竟然会主动找我聊天，真是难得。

"……上星期五校友又来了，他们问了关于你的事。"

"咦？问了什么事？"

"问你是几年几班，是个怎样的人之类的。"

可能因为我长得像愁二学长，他们才会如此好奇吧？因为现在我已经知道愁二学长自杀死了，所以当我询问关于愁二学长的事情之时，校友们那种有口难言的态度我也能够理解了。

"……我觉得跟你说一声比较好。"

"嗯，芥川，谢谢你。"

芥川对我点点头，就回到自己的座位了。

我突然想起来，要赶快还琴吹同学十元，就赶紧取出皮夹看看。

（太好了，今天有十元硬币。）

"这是要找你的零钱。"

我走到琴吹同学身边，将十元递给她，她只是转移目光，软弱地咬着嘴唇。

"……嗯。"

"那么，谢谢你先帮我垫了书钱。"

"啊，那个……"

"嗯？什么事？"

“……没事。”

她鼓着脸颊喃喃说完之后，又继续保持沉默。

难道她是因为告诉我竹田同学已经有男朋友的事，所以觉得不好意思吗？我很想说些话安慰她，但是又怕说错了话反而会激怒她，所以我就将十元放在她手上，然后就回座位。

放学后，我要去文艺社，走在走廊上的时候，突然有人从后面叫住我。

“井上君！”

我回头，一位意想不到的人喘着气站在那里。

“怎么了？”

“我有重要的事要说。你可以跟我来一下吗？”

“呃……可是……”

“不用花太多时间。求求你，这是急事。”

“……好吧。”

没办法，我只好跟着走。

到底为了什么事来找我呢？还有，看那紧张恐惧的表情，到底发生什么事了？

对方爬上了楼梯。

三楼。

四楼。

脚底传来叩叩的响声，我看着前方，无言地前进。

我突然意识到我们的目的地，不禁感到惊愕。

“那个，我们要去哪里呢？”

“顶楼。”

一阵恐惧感紧紧揪着我的心脏，我感觉指尖和嘴唇都在发抖，而且渐渐麻痹。

脑海中有影像浮现。

像大海一样湛蓝的天空、脚底的水泥地、热得扭曲的空气、我和那个女孩的影子、水塔、生锈的铁栏杆。

在栏杆前面，她缓缓回过头。

“对不起，我‘不能去顶楼’。”

指尖的麻痹感越来越强烈，一股强大的不安感不停地扩大着。恐惧让我停下脚步，很想就卧坐在原地，但是对方却用力抓着我的手，把我抓起来。

手臂传来一阵痛感。那种皮肉之痛，将我的意识从过去拉回现在。

“有些话不方便在大家面前说。只要一下子就好……”

对方俯看着我的眼神就像死鱼一样混浊，语调也变得很奇怪。意识回归现实的我，当时只觉得更大的危险与恐惧感在瞬间向我袭击过来。

“可是，‘顶楼’……”

“你是怎么了？你到底在怕什么？顶楼发生过什么事吗？”

对方的声音在颤抖，但依旧很用力地抓着我的手。

“来吧，你也有话想跟我说吧？”

“请放开我，‘我不想去顶楼’！”

对方更用力地抓着我的手，另一只手则推开通往顶楼的门。

风吹在脸上。

那一天也是吹着风。她站在铁栏杆前，回头看着我，裙摆和发尾都因清凉的夏风吹拂而摇摆着。

（不要！）

（我不要！）

（放开我……）

对方把不停抵抗的我硬拉到顶楼上，对我大叫道：

"'信'是你寄的吧？"

这个人在说什么？说什么信是我写的？是说我帮竹田同学写的那些情书草稿吗？

过去的恐惧与这一刻的恐惧交杂在一起，我的手指麻痹，呼吸困难，头痛得像是被人左一拳右一拳地殴打似的。额头开始冒冷汗，眼前变成一片昏黑。

我无法自然呼吸，只能拼命地喘着气。啊，又是那个症状，我明明很久都没有发作了。

"信是你寄的吧？是不是，愁二！"

那个人紧紧抓着我的制服领子。扭曲的面孔凑到我眼前。

"你搞错了，添田学长，我不是片冈愁二。"

"那么，为什么你一直看着我！为什么老是以一副什么事都知道的表情，冷眼看着我！"添田学长大叫着。

第一次在弓箭社练习场见到他时，戴着眼镜的他让我觉得他是个聪颖稳重的人，但现在他好像变成另一个人，面目狰狞，让我感受到无边的恐惧。

这个人是谁？他真的是毕业校友添田学长吗？

"你一直！一直在看我！自从城岛咲子死了以后，你就一直看着我！一句话也不说，就只是一直看着我！你那么做，是想责备我吗！害死咲子的人是你啊！”

我在气喘和停止呼吸之间反复着，以气若游丝的声音问他：

“咲子学姐、她不是、因为交通意外、身亡的吗？”

双眼通红，布满血丝的添田学长，愤然地吐出这些话：

“别跟我装傻。那一天，不就是你自己说社团有事要晚点才能走，所以叫我送她回家吗？而且还毫无警戒地，跟平常一样笑着对我说：‘我的女朋友就拜托你了。’

“是我先喜欢她的。可是你明明知道我的想法，却还诱拐她，让她爱上你，然后开始交往。竟然还跑来告诉我：‘因为她泪水盈眶地求我跟她交往，我只好答应她了。’

“你老是那个样子！轻率随便、马马虎虎、爱开玩笑，但是却老是抢走我想要的东西。就连射箭也一样，最后的赢家一定是你，我喜欢的女孩子，也是每个都喜欢上你。

“我实在很恨你，无法压抑地憎恨着，但是我不能表现出来，只好拼命假装若无其事，而你却面带微笑地看待着这样的我。

“你那副和蔼可亲的态度还有那种笑法，都让我深感厌恶！

“说什么‘我的女朋友就拜托你了’！如果没有你的话，她应该是要跟我交往才对。可是，你却可以那么大方地对我说‘我的女朋友就拜托你了’。

“你明明知道我的心情，却故意试探她会不会被我抢走。你根本就是在愚弄我吧！”

添田学长揪着我衣领的手越抓越紧。

在我的脑海里不断浮现添田学长的脸、片冈愁二的脸，还有在顶楼时见到最后一面的美羽的脸，意识也变得越来越模糊。

喂，为什么不说话？你无视我的存在吗？你为什么看起来如此痛苦？

我追到顶楼来，美羽一脸哀伤地对我微笑。

——心叶，你一定不懂吧。

“你一定不懂我有多么痛苦吧！那一天，我向她告白，拜托她跟你分手，和我交往。她就推开我跑走了，为了逃离我的身边，竟然不管还是红灯就硬要穿越马路。结果那辆卡车刚好转弯开过来，就把她撞死了。我很害怕，是个当场逃走的胆小鬼。

“我……我如果没有向她告白的话……不，不对。如果没有你的话，就不会发生那样的事，我也不会变成害死她的胆小鬼。

“后来，你也完全没有问过我关于她的事。你明明就知道，那时候我是跟她在一起的。可是，你只是默默地看着我，就连‘你不是送她回家的吗？’都没问我。

“这样愚弄我，你觉得很愉快吗？”

我被紧掐的喉咙发出咻咻的喘息声。

我的指尖在发抖，几乎无法呼吸。

（不对……片冈愁二一点都不快乐。他一直都是很孤独、很痛苦的。）

虽然想这么告诉他，但是我无法出声。

添田学长的五官因痛苦而扭曲着，掐着我喉咙的手更用力了。

“那一天，我在顶楼用我准备好的刀刺伤了你。你当时也叫了救命吧？于是你就朝铁栏杆走过去，从那里探出身子掉下去了吧。但是为什么！为什么？你明明死了，为何现在又出现在我面前！我的孩子明年就要出世了！我想忘了你，过着幸福的日子，但为什么你还要来纠缠我！这十年里，你一直都在我的脑海里徘徊不去！然后，你又出现在我面前！为什么！为什么不能放过我呢！我的孩子就要出世了！我还以为终于能过上安稳的生活了！如果你不死，不管多少次我都要杀了你！”

添田学长的手指跟衣服的布料一起紧紧掐着我的脖子。添田学长的手指在发抖。

过去的各种情景像走马灯一般闪现在我的脑海中。

在我的旁边突然出现一张脸，美羽正以戏谑的眼神看着我。我闻到洗发精与汗水交杂在一起的甜香味。

还有照片中静静微笑的片冈愁二。

上课的时候，对着活页笔记本认真写作的美羽。还有以崇拜爱慕的眼光凝视着美羽纤瘦背影的我。

因痛苦而扭曲的添田学长的脸、片冈愁二的脸。美羽的脸。

刺死愁二的添田学长。坠楼的片冈愁二。站在铁栏杆前回头看我的美羽。

心叶，你一定不懂吧。

你一定不懂吧。

你一定不懂吧。

美羽的身体就这样慢慢地往后倾倒，掉下去了。

《人间失格》里的一段话浮现在我的脑海。

女的死了。

女的死了。

啊,我也应该死去吧?

这时候有个人突然介入了我们两人之间。

"放开心叶学长!"

竹田同学瘦小的身躯就挡在我和添田学长之间,她将添田学长推开。

我双脚摇晃,站不稳,整个人跌坐在水泥地上,竹田同学赶快把我扶起来。

"心叶学长,你还好吧!心叶学长!"

我一边急促地呼吸,小声地喊着"……竹田同学"。

竹田同学双眉紧蹙,就快哭出来了,她让我躺在水泥地上,然后转身看着添田学长,以强硬的口吻说:

"果然你就是杀死愁二学长的凶手。你就是那个S吧?添田学长!"

"你是谁?"

"我是高一的竹田千爱。就是我冒用愁二学长的名字写信给你的。今天叫你来顶楼的人也是我。"

"你说什么!"

添田学长整个人呆住了。

"为什么你要那么做?"

"我想知道S的真正身份。因为那个人就是最后跟愁二学长在一起的人。"

听到沙沙声响,竹田同学从口袋里取出折好的信,摊开给添田学长看。

“愁二学长除了留在家里的那封遗书之外，他还留了一封真正的遗书。那封遗书被夹在地下书库的废弃书本中，这十年来都没有被人发现。是我发现的，然后又看了那封信。

“愁二学长知道女朋友咲子学姐的死跟S有关。但是愁二学长之所以什么都没说，是因为他想试探咲子学姐，就刻意拜托你送她回家，结果咲子学姐才会车祸身亡。

“在这封信里，愁二学长忏悔地说了‘是我杀了她。因为我不怀好意想试探她的忠诚，结果害她就这样死了’。因此，愁二学长认为该死的人是自己，他想让S杀死自己！”

竹田同学以冷风吹枯木般的冰冷语调，朗诵着我们都不晓得的信件的内容。

“S被逼到绝处了。

因为自己的企图而导致她的死亡，S觉得自己的罪一生都无法消弭，也一直担心这件事情会被揭发出来。

我以平常的态度接近S。凝视着S，对S露出笑容。S的精神开始崩溃了，我只是静静地凝视着他那发狂大叫的样子。

我衷心期望被逼得无处可逃的S能对我产生杀意——我希望S杀了我。

那就是我对她的赎罪。

S是我的敌人、朋友，也是最了解我的人。因此，S应该能解读到我的心意吧？我衷心祈望，S亲手杀了我。”

“——这封信只写到把S叫到顶楼，然后就没下文了。”

这是第二手记。

那封信果然还有后续。

竹田同学只给我看过信的起头部分。

“我看了这封信之后，就找每个老师问，也做了很多调查工作，终于知道片冈愁二是在十年前从顶头跳楼身亡的学生。愁二学长真的是自杀身亡吗？还是被S杀死的？——这些问题不断在我脑海出现。那一天，愁二学长应该在顶楼跟S碰过面。S应该知道所有的真相。我很想知道真相是什么。

“所以，我就以愁二学长的名义，写了信给你——身为S的添田学长。当大家看到跟愁二学长很像的心叶学长时，你的反应最平静。当时我就觉得很不寻常。后来，你不是一直都没再看心叶学长一眼吗？因为我发现，真锅学长再三地打量心叶学长，而你却是拼命地将视线移开，很不想看到心叶学长的样子。所以，我就以愁二学长的名义，写下只有S和愁二学长才知道的事寄过去。请你告诉我。那天在顶楼的时候，你到底跟愁二学长说了什么话？”

“说了什么话……”

添田学长全身虚脱地喃喃说道：

“我们没有说什么话。我用刀刺了他，而他默默地让我刺，然后就没了。”

“怎么会那样……”

竹田同学失望地叫着。

就在那时候：

“因为他不是S，所以他无法回答你的问题。”

我拼命地扭转脖子，将脸朝向声音的来处。

我看到一个瘦削的身躯。白色额头上面有黑亮的刘海披垂。还有像猫尾巴般，随风飘逸的两根长发辫，以及慧黠澄澈的双眸。

在被汗水模糊的景象当中，远子学姐站在顶楼门前的身影，就这样清晰且鲜明地进入我的视线里。

那一瞬间，感觉胸口热浪翻滚，好想大哭。

竹田同学，还有添田学长，都以惊讶的表情看着远子学姐。

“你，你是谁？”

添田学长的声音在颤抖，远子学姐毅然决然地回答：

“我是‘文学少女’。”

天啊，都这种时候了她还在说什么啊？

我将额头贴在被阳光晒到发烫的水泥地上，整个人虚脱。远子学姐就是远子学姐，不管走到哪里，那种个性都不会改变。

“而且，我也是那个倒卧在地上的男孩，最和蔼可亲、最值得信赖的迷人学姐。”

哪有人会这样称赞自己的……添田学长和竹田同学也听得愕然无语。

远子学姐摇曳着发辫，慢慢地朝我们走过来。

“添田学长的太太和朋友来文艺社教室找我了，问我添田学长有没有来。”

远子学姐的身后，站着校友真锅学长和理保子学姐。添田学长看到他们，显得非常狼狈，脸色发青地叫着：

"理保子、真锅！你们怎么会来？"

理保子学姐只是轻轻垂下目光。

"因为你最近的模样一直很奇怪……好像害怕着什么似的，整天心神不宁。然后，今天我在打扫你房间的时候，发现一捆信。因为看到寄件人是片冈，所以我惊讶地拆开来看了。后来我打电话到你公司，听说你今天早退就更担心了，所以……"

"理保子打电话给我，她说你可能会来学校找心叶君……不，是找愁二。你真的刺杀了愁二吗……添田？"

真锅学长的语气中充满无限痛苦。

"我知道你喜欢城岛咲子。我也略微感觉到你跟愁二有些心结。可是，真的是你杀了愁二吗？如果我知道事情是这样，那么我……"

真锅学长看了理保子学姐一眼，欲言又止地紧咬着嘴唇。

理保子学姐依旧低着头，双手紧抱着自己的肚子。

妻子与友人，将自己的罪孽波及身边最亲近的这些人，添田学长满脸绝望，以发抖的声音说道：

"这也是没办法的事。我只有杀了愁二，才能获得安宁……"

那时候，远子学姐以严肃冷静的语气再度发言。

"不对，杀死愁二学长的人不是添田学长。他并不是 S，S 还另有其人。"

"怎么可能！添田学长看到心叶学长时，他的反应最奇怪，还有，我写给他的信也让他快发狂了。"

竹田同学反驳着。

"千爱，你看漏了最重要的事。S 是愁二学长的敌人，同时也是最了解他的人。因为千爱你只给我们看愁二学长遗书的前面部分，所以接下来我们只能自己想象，不过愁二学长在信里不断地说，S完全看透了自己，小丑的演技只有在S的面前行不通。

“所以，S不是添田学长。

“如果了解愁二学长，就不应该会对他有心结，也根本不需要羡慕他或嫉妒他。”

竹田同学很慌张地问：

“那么……S到底是谁？”

“我不是贝克街的名侦探，也不是坐在安乐椅上打着毛线就可以解决案件的聪明老奶奶（注5）。我只是一个‘文学少女’，所以，我不会推理，只是借着妄想为基础利用想象罢了……片冈愁二很崇拜太宰治，所以把描述了自己真正心声的遗书夹在《人间失格》这本书里。从他的信中感觉得出太宰治对他的影响很大。像开头的‘我这辈子做了太多丢脸的事情’，就是整句照抄。片冈愁二看了《人间失格》，认为那位‘我完全无法体会身边人所承受的痛苦’、‘我极度恐惧人类，但是又无法舍弃人类’，只能借由扮演小丑来取得人类爱情的男主角就是他自己的写照，因此感到了共鸣。

“在《人间失格》里，有两个人看穿了男主角的小丑演技。他们两位刚好是互补的角色，一个人是男主角的初中同学，名叫竹一的少年。这孩子总是穿着破旧的衣服，功课不好，运动细胞也不佳，是个劣等生，这位让人感觉无须警惕的少年，有一天却指责男主角，说他的一言一行都是故意伪装的，让男主角感受到像是整个世界都被地狱业火燃烧殆尽一样的强烈冲击。后来，他就跟这个少年成为好朋友，待在这位少年的身边，监视着他。

“另一个人就是，在男主角自杀未遂而独自活下来之时前来调查的检察官，他是个‘拥有端正俊秀脸蛋，看起来相当聪颖稳重’的人。男主角说的谎言立刻就会被那位检察官识破，被那冷静的轻蔑表情看着，让男主角饱尝了‘赧颜汗下’的羞耻滋味。”

在蓝天之下，地点是学校的顶楼，长长发辫迎风飘舞的远子学姐，滔滔不绝地发表高论。

她的姿态与语调都散发出一股超越平常的魄力，让其他人不敢插嘴打断，只是静静地听远子学姐解释。

“S并不是会崇拜片冈愁二或羡慕片冈愁二的人。他总是以最纯真，不会计较利害得失的纯净眼神看着片冈愁二，偶尔也会以批判的眼神看着片冈愁二。

“他应该是经常待在片冈愁二身旁的人。他看着片冈愁二，给予批判，偶尔也会提出建议。理保子学姐，你原本是姓濑名吧？”

添田学长的太太——理保子学姐愣了一下，以僵硬的表情点点头。

“嗯，是的。”

“十年前，你是弓箭社的经理。当时在弓箭社，愁二学长很有女人缘，常有很多女学生粉丝跑来看他练习，听说愁二学长常因为这样而被经理骂。只有在你面前，愁二学长才会无法抬起头来。

“你就是S吧？”

理保子学姐吸了一口气。

紧抱着肚子的双手握得更紧，然后她抬起头，直勾勾地看着远子学姐。以坚决的声调说：

“是的。我就是S，咲子和片冈都是我杀的。”

"理保子!"

"你在胡说什么？理保子!"

真锅学长和添田学长同时大叫。

添田学长跑到理保子学姐身边。

"你不要胡说八道！愁二明明是我刺死的！还有咲子也——是我让咲子被卡车撞到,我亲眼看到她血流满地,倒卧在路边!"

"可是,是我不让片冈回家,安排机会让你送咲子回家的。还有,你不记得了吗？也是我利用你找我商量的机会,力劝你跟咲子告白的。"

"什么!"

添田学长的声音哽住了。

"是我对片冈说:'要不要跟我打赌？咲子会爱上添田的。'片冈他就跟我打赌,所以才会以社团有事会晚点回家为借口,要添田——你送咲子回家。那时候,我跟片冈就偷偷跟踪你们。"

"怎么会这样——？那么,咲子被车撞的时候,你们两个也在场——?"

"是的,'我们全看到了'。咲子的身体被弹到空中,重重摔落在地上,还有你慌慌张张逃跑的时候,我们全看到了。"

添田学长完全说不出话了。

真锅学长就代他问理保子学姐:

"理保子,为什么你要那么做？你不是觉得愁二是个轻浮的人,所以不喜欢他？还有,那时候我们……"

"是的,那时候我们两个是男女朋友。你是个很有自信的人,个性率直纯真,很有魅力,我真的很喜欢你。相对的,片冈则很轻浮，老爱开无聊的玩笑，对任何人都不是诚心的交往，让我看了就讨厌。可是，有一天，我真的受不了了，就对他说‘你说的话没有一句是真的。你只是用演技骗了大家吧’，片冈听到很惊讶，就快要哭出来了。那个表情看起来非常地脆弱、寂寞，让我从此再也无法对他置之不理。”

真锅学长和添田学长全都沉默不语。

远子学姐轻声说道：

“于是，你就成为最了解愁二学长的人，也因此爱上了他吧。”

“是的。自从那次以后，只有在我面前片冈才不会演戏。他只会对我诉说他的痛苦与哀伤。被片冈那样的人全心全意地对待，你觉得会有女人招架得住吗？”

远子学姐露出悲伤的表情。

“不。”

理保子学姐微笑着。

“……片冈很滑头，个性就像个小孩子，但是又很体贴、细心。是个会让人忍不住爱上他的人。”

“太巧合了……跟太宰治在玉川自杀的山崎富荣，在自己的日记里是这么写的。太宰老师很狡猾。可是我却爱上了他……太宰老师是个会让人忍不住爱上他的人……”

“是的。片冈很喜欢《人间失格》这本书，他不晓得反复看了几次，把书都给看烂了。虽然他对咲子都说自己不喜欢看书，只要看到书就会想睡觉。

“片冈虽然跟咲子交往，但是咲子根本不了解片冈。这件事让片冈负担越来越沉重，所以我才唆使添田，叫他把咲子从片冈身边抢走。

“不，我想也许我只是单纯在嫉妒咲子罢了。

“因为我的愚蠢计划，导致咲子车祸死亡，片冈觉得罪恶感沉重，他本来就是精神失常的人，这下子完全崩溃了，他变得一心想要寻死。

“片冈并没有因为咲子的事而责怪我。如果他骂我，我还会觉得比较释怀，但是他只是无言地看着我。每次看到那张像是写着‘请杀死我吧’的脸，我就觉得压力很大。

“我不能杀片冈。

“可是，他却很想死。

“他从以前就很想死，现在更是衷心期盼死亡，他坚决地相信，只有死才能从痛苦的深渊中解脱。

“我不晓得该怎么办才好。只有实现他的心愿，那才是爱他的证明吧？

“咲子死后过了一个月，片冈写了一封信给我，摆在我的抽屉里。信里他写着，有真心话要对我说，叫我去顶楼。我知道，不得不做出了断的那一刻终于到了，刹那间我的眼前变得一片黑暗。

“我不想去。

“我想逃课，回到家里。这样的话，等不到我的片冈也许会认为他在做傻事，就断了这个念头。

“可是，‘如果片冈就这样独自死去了呢’？如果我的爽约让他感到绝望，只好抱着悲惨的心情，从顶楼跳下去的话……

“当我想到这里，就再也按捺不住了……还是非去不可。”

“理保子学姐到顶楼时，愁二学长应该还活着吧。”

理保子学姐点点头。

"在我前往顶楼的途中，看到添田铁青着脸慌张地下楼。当我推开顶楼的门，就发现片冈胸前插着一把刀，倒卧在水泥地上。用好像在哭，又好像在笑的表情看着我，然后喃喃地说：'喂，这样我死不了的……你看伤口这么浅，我的心脏根本不会停止跳动。'"

一直默默不语的竹田同学，仿佛喘着气似的问学姐：

"后来……怎样了呢？"

"他说……'杀了我吧。'像是在哀求似的，说着'我已经累了。请你杀了我吧'。"

大家都屏住气息。

理保子学姐的声音和抱着肚子的手都在发抖。

"片冈摇摇晃晃地站起来，问我'可以把你的手帕借给我吗？'，我将手帕递给他，然后他擦去刀柄上的指纹，再将手帕还我。接着就脚步踉跄地走向铁栏杆。"

缓缓地、慢慢地，走向铁栏杆的片冈愁二。

然后，就跟美羽的身影重叠合一。

我懂。我也确实曾亲眼见到那种充满绝望的光景。

美羽正慢慢地，一步步走向死亡。

然后，制服的裙摆在风中飘扬，她回头看我。

"片冈他回头看着我，眼神满是悲伤。"

美羽的双眸非常澄澈，看起来很孤单寂寞。

"濑名同学，只有你才能杀了我。即使到现在这种地步，我还是无法了解人的心。为什么添田要羡慕我呢？为什么他会那么恨我，恨到要刺死我？我完全想不通。当我看到咲子在我眼前身亡，我也没有感到半点悲伤。‘我想死，我只想死，一切再也无法挽回了，不管做什么事，不管我做什么，都是没用的。只会更让自己蒙羞罢了’，喂……太宰治是以什么样的心情写出那样的文章呢？我觉得自己现在跟他非常接近。我完全了解他的心情。像这样的我，还有存活的价值吗？濑名同学，只有你才能回答这个问题吧？请你告诉我答案。”

当时美羽这么说：

——心叶，你一定不懂吧。

“我已经救不了片冈了。

“如果我爱他的话，就得实现他最后的心愿。

“所以，我对他说：

“‘是的，你就是人间失格。’”(注 6)

我——什么都说不出口。

我没有出声，双脚也没有移动，美羽说的话，我完全不懂。

“片冈露出温柔的笑。

“好像在对我说‘谢谢你’一样。

“然后就从顶楼跳下去了。

“是我和太宰治联手杀了片冈。”

美羽露出寂寞的笑，然后头往后仰，就这样跳了下去。

我束手无策。

我放任着她死去！

“别再说了！”

我听到一个要将空气撕裂的吼声，我还以为是自己的声音。

可是，其实那是添田学长的声音。添田学长跪倒在水泥地上，抱着头啜泣。

"不要再说了，我不想听。杀死愁二的人真的是我。你说你爱的人是愁二？那么，我到底算什么？理保子，你为什么要跟我结婚？"

理保子学姐冷静地回答：

"因为我和你是共犯。所以……真锅是不行的。"

真锅学长绷着脸，紧咬着嘴唇。

理保子学姐跪在地上，抱着添田学长轻声说道：

"喂！添田，到现在你还是很恨片冈，一直想着他吧？一辈子都忘不了片冈吧？我也是……我也是天天都在想他，根本忘不了他。就算是以后，也绝对忘不了他。会一直记着他。所以，添田，你就死心吧。我们都被同一个人所束缚着。是犯了相同罪过的共犯。"

"孩子……孩子就要出世了喔……但是这样……以后我该如何跟你生活呢？简直就像活在地狱里。"

从覆盖着脸的手掌之间有大颗泪水落下，沾湿了水泥地。

竹田同学以无力失落的表情看着这样的添田学长。

"是的，我们一辈子都得活在地狱里。没关系，只要有这样的觉悟，不管到哪里，都可以活下去的。

"而且，在这个世上只有我一个人不会责怪添田君对片冈做了那样的事。我不觉得你是个卑怯者，也不觉得你丢脸或悲惨。我反而更想疼惜你。这么想的话，你的心情就会比较好吧？

"添田，就让我们继续想着片冈，继续被他囚困，然后一起过着平凡宁静的生活吧。把孩子生下来，然后养育他。就在地狱中过活吧。这样才能对片冈赎罪。”

添田学长的啜泣声响遍整个顶楼。

远子学姐、竹田同学、真锅学长全都沉默不语。

我——

我又该如何补偿呢？

应该怎么做，才可以获得慰藉？获得救赎呢？

美羽……请你告诉我，美羽。

“心叶君！”

远子学姐在叫我。

然后我听到跑步声，有根发辫碰到我的脸，感觉有人紧紧抱着我，还闻到了紫罗兰香味……

那是我最后的感觉。

我因为太过痛苦而失去了意识。

第一次遇到远子学姐，是一年前的事。

漫长的冬天终于结束，空气中开始有温暖的感觉，那是一个四月的午后。

当世人不再关心井上美羽，终于能放下天才美少女作家这个重担的我，因为得到解脱而一时觉得全身无力。加上那个顶楼事件留下的伤痕，也还没有痊愈。

虽然已上了高中，却不想积极交朋友，也不想参加社团活动，午休时间或放学后，就站在校舍中庭，欣赏花草树木发呆，每天都过着相同的无聊生活。

有一天放学后。当我在中庭散步时，在白木兰树下，看到一位发长及腰，绑着发辫的女生靠在树干上看书。

她的睫毛很长，肤色比木兰花还白皙，觉得在她周遭的空气沉稳澄澈。

（现在很难得能看到有人留着那么长的发辫。好像大正年代的女孩子。不过看起来很成熟。她应该比我大吧……）

我就这样胡思乱想，一直盯着她瞧，就在那个时候……

那位女生将书撕破。

（咦？）

正当我还在错愕的时候，她就用嘴含住了书页。

（咦咦咦？）

接下来那位女学生开始咀嚼那张纸，我好像在做梦般，整个人看呆了，突然那位女学生抬头看着我。

（！）

当我们四目相对时，我的心脏好像快停了。

女学生满脸通红，很不好意思地说：

“你看见了吧。”

“那个、那个……对不起！”

“你叫什么名字？是哪班的学生？”

"我叫井上心叶，班级是一年三班。"

然后她就笑了。接着又突然转变成天真烂漫的表情。

"这样啊，你是一年级啊。那么，请你加入文艺社。"

"什么？文艺……社？"

我不禁张大眼睛，那位有着长长发辫、肌肤白皙、瞳孔乌黑澄澈、将书页撕下来咀嚼的奇怪女生这么对我说：

"因为我不能让你泄露我的秘密，所以要把你留在身边监视着。从今天开始，你就是文艺社社员了。"

"咦咦咦咦，请，请等一下，叫、叫我进文艺社。可是你到底是谁啊？"

"我是二年八班的天野远子。如你所见，是个'文学少女'。"

这就是我与学姐邂逅的状况。

在那之后的一个月之间，每到放学时间远子学姐就来班上找我，"心叶君，社团时间到了。"

好像班长在照顾拒绝上学的同学般，她拉着我的手，带我到位于三楼西侧角落的文艺社。

到了社团教室，然后就交给我钉成一册的五十张稿纸，对我说：

"你听过三题故事这个典故吗？就是落语家会把客人出的三道主题串成一个故事的即兴表演。待会我也会说出三个词汇，你就用这些题目写出一篇作品，不管是诗、小品文，或者是童话故事都行。嗯……对了，就是云、抹茶酥饼、亚林可可罗林！"

"亚林可可罗林是什么玩意儿啊！"

"喂，再不写我就诅咒你哦！"

就这样，每天都要写故事。

“我都把故事当作饭或面包来吃。平常都是吃书，但其实我最喜欢的是亲手写在纸上的文章。恋爱故事甜蜜又美味，更让我喜欢。所以呢，你就写些超级甜美的故事吧！”

习惯是一种可怕的东西，不知不觉间，我已经可以对这种事淡然处之了。

因为学姐总是在我眼前批评我的文章。

“嗯嗯……好像少了一个味道”、“嗯嗯……架构太松散了”，一边这么说一边将我写的东西全吃进肚子里，所以我也不得不坦然接受一切。

等我察觉到时，发现就算远子学姐没来教室接我，一到放学时间，我也会自己走到文艺社教室了。

“心叶，你最近心情很好呢！是不是在学校发生了什么好事啊？”

“没、没有啦，还是很普通。”

跟一个会撕下书页来吃的学姐混在一起，这样的生活能算是普通吗？尽管心中仍有这样的疑问，但是很不可思议的，每当我待在夕阳西照，有微尘飞舞的文艺社教室里，就会觉得很安心。有时候受不了远子学姐的言行举止而吐槽她，也让我觉得很快乐，只要是在远子学姐面前，我都不用勉强自己摆出笑脸。

每天、每天，我都到文艺社。

“你好，心叶君。”

“心叶君，我肚子饿了——”

“哇，今天的文章实在太美味，太甜蜜了——心叶君你真厉害!”

“心叶君真是的,一点都不尊重我这个学姐。”

“不要叫我妖怪——我只是平凡的‘文学少女’。”

每天、每天都跟远子学姐聊天,写点心给她吃,看着远子学姐的笑容,然后就没有像以前那样老是想起美羽的事了。

所以,我一定会遭受惩罚的。

对不起,美羽。对不起。

我并没有忘了你。只是回忆真的很痛苦。

你写给我看的故事,每一则都非常温馨甜美,而且闪闪发亮,对我阐述梦想的你也是那么耀眼,让我相当爱慕。

可是为什么,那天你会从顶楼跳下去呢?到现在我还搞不清楚理由是什么。

我再也不能写故事了。

因为那些全是假的。因为我是个空壳人物。

井上美羽这位作家已经不存在了。

再也不能写故事了。不写了。不想写了。

当我张开眼睛时,有人轻轻握着我的手。

白色的天花板。

白色的墙壁。

弥漫着药味的床单。

“这里……是医院?”

“不是，是保健室。”

远子学姐回答。

“刚刚你在顶楼昏倒了。真锅学长抱起你，送你来保健室。其实本来是我想抱起你的。可是，当我想要抬起你的肩膀时却整个人跌坐在地上。毕竟我是文科系，需要体力的工作真的做不来……”

远子坐在床边的椅子上，轻轻握着我的右手。

从窗帘的缝隙，有一道橘色光芒射进来。

“我……睡了多久？”

“大概有两小时吧。你流了很多汗……一直做噩梦。”

这两个小时，你都一直握着我的手吧？

“添田学长他们呢？”

“添田学长和理保子学姐一起回家了。我想他们以后也会继续恨着、爱着愁二学长，然后一起生活吧……他们决定自我惩罚过一辈子。”

添田学长哭着说，这简直就是地狱。

他们两个人，以后也会是一家人吧？

远子学姐轻轻抚摸着我的手背。轻轻地，温柔地……好像在安慰我。

“真锅学长和千爱也回家了。千爱她啊……要我转告你，‘把你卷进来真是对不起。’”

“竹田同学会带我去弓箭社，目的就是要让毕业校友们看到我吧。因为我跟片冈愁二长得像，所以她才会想接近我。”

“应该是吧……”

远子学姐落寞地说。

有一股热气从胸口涌上来，喉咙震动着。

竹田同学是在利用我。

我写的那些信，根本就是废物。

竹田同学、添田学长、理保子学姐、愁二学长，每个人都在说谎。

他们隐瞒了事实。

既然这样，就应该坚持说谎到最后，为什么到了现在还要将事实说出来呢？

残酷的现实狠狠地刺痛了我。

一直以来，我为了不让自己受到伤害而层层包裹起来的内心，就像是整个赤裸裸地露了出来，哀伤、痛苦、悲惨、悔恨等等的情感，一起向我突袭过来。

如此复杂的感情，我不晓得该如何处理才好，我已经无能为力了，只觉得喉咙很痛，全身发烫，身体里面好像被火烧伤般，异常刺痛——

我抽开被远子学姐轻握着的手，盖住了仰望着天花板的脸。

不这样的话，我的哭脸就会被看见了。

“我受不了了……请不要再让我看到那么肮脏的现实。我只是想当个普通人，过着平凡的生活。我不想要经历动乱、冒险，或是推理剧。我讨厌痛苦、哀伤、凄苦的感觉。

“可是为什么？大家明明知道会让自己和对方受伤，却还要将埋藏在心里的秘密说出来呢？真的那么想说吗？一定要那么赤裸裸地暴露出来吗？真的那么希望大家都陷入哀伤、痛苦、憎恨的感觉中吗？那么渴望杀人？那么渴望死吗？

“愁二学长的心情、理保子学姐的心情、添田学长的心情、竹田同学的心情，我完全无法体会。

“大家……都不正常。太奇怪了。我也讨厌太宰治。”

眼泪滑落脸颊，衬衫领子、耳朵、床单都湿了。

脖子变得冰冷。

我不懂。

我什么都不懂。

愁二学长和美羽都不想活，都从顶楼跳下去了。

“呜呜……如此残酷的事接连不断地发生……到底哪个才是异常？哪个才是正常？……呜呜……我已经搞不清楚了，远子学姐！”

在弥漫着消毒水味道的房间里，我不停地啜泣着。

远子学姐并没有说出安慰之语。

她只是哀伤地说道：

“那个答案，必须你自己去发现。就算痛苦……就算哀伤……就算难过……你都要靠自己的双脚去寻找答案。”

“那样的话……呜呜，就算不知道答案也没关系……就算不知道答案也能活下去……”

当我说出那句话的时候，远子学姐是何种表情呢？

会询问跟我同样只是一个普通人的远子学姐，是我太天真了。

远子学姐不是占卜师，也不是心理辅导老师，更不是心理学家。

就算她是个会将写在纸上的故事吃进肚子里的妖怪，其他地方也还是跟我们一般人一样。她只是个女高中生，只是个文学少女罢了。

远子学姐什么话都没说。

太阳下山了，在变暗变冷的保健室里，她默默地陪伴我到停止哭泣为止。

第六章

“文学少女”的主张

那天之后又过了几天。

自从发生顶楼那件事之后，我再也没跟竹田同学说过话，也没再看过她。

昨天，琴吹同学问我：“你的女朋友最近都没来了，分手了吗？”琴吹同学的脸红通通的，低垂着头，一副扭扭捏捏的样子，声音听起来好像也很担心。

“我们本来就没在交往啊。而且，她已经没有必要再找我咨询了，所以应该不会再来了吧。”

“那无所谓啦，只是……我这阵子……好像说得太过分了……嗯……所以……”

她抬起头，接触到我的视线，脸变得更红了。

“没、没什么事了啦！”

她突然转过身去，慢慢走远了。

但是，她走到一半却停下脚步，又迅速跑了回来。

“所以……那个……呃，我……还是没事啦！”

她拼命喊出这句话，然后快步跑走了。

她一定是想跟我道歉吧！虽然她总是嘴上不饶人，但应该不是个坏人吧……

我还是每天去文艺社，心不在焉地听远子学姐说些大道理或是书评，写三个主题的故事给远子学姐当点心。

“今天的题目是‘订书机’‘游乐园’和‘羔羊涮涮’。时限是五十分钟。好了，开始吧！”

咔嚓！

远子学姐把手肘靠着椅背挺出上身，按下银色秒表。她脱掉鞋子，屈膝坐在椅子上。还是一样坐没坐相。

“‘羔羊涮涮’是什么啊？”

“你不知道吗？就是羔羊——也就是小羊的涮涮锅啊！昨天晚间新闻的商家情报单元，介绍了一间位于银座的店家。他们是把切成这么薄的羔羊肉片，放进热汤里涮一下就拿来吃哟！一点都没有羊膻味。如果直接拿生肉来吃，就像会在舌头上融化一样柔嫩呢！他们供应的饭后甜点葡萄果子露，看起来也超级好吃的样子。在吃完热乎乎的料理后，来点冰凉的甜点最棒了。请你务必写出像羔羊涮涮一样入口即化，像果子露一样冰凉甜美的文章唷！”

“请不要点这种让人搞不懂的东西好吗？真是的……你也太容易受电视和杂志影响了吧。再说，‘订书机’‘游乐园’和‘羔羊涮涮’这些东西到底要怎么连接起来啊？”

"这——才——是——让厨师展现手艺的地方啊！呵呵，我会好好期待的。"

"你偶尔也可以自己写嘛。"

结果远子学姐竖起食指，认真地说：

"心叶君，我要以学姐的身份教导你人生的真理。"

"是什么啊？"

"为他人制作的料理，比起为自己制作的料理还要美味十倍。"

"真是胡扯。"

"还有还有，用心做出来的料理还会美味百倍哟！这可是千真万确的。"

她像是在说"所以你就用心地写吧"，把下巴撑在椅背上，笑嘻嘻地望着。

决定了。就写成像刺猬一样在背上背满大量订书机的羊，在游乐园里迷了路，然后被魔女欺骗，最后被做成羔羊涮涮的故事。

我执笔在五十张钉成一册的稿纸上挥洒，远子学姐则是一直盯着看。

"你一直看着我就写不出来了啦，请到旁边去看书吧。"

"好啦。大厨师。"

说完她就转过身去，双脚一边摆动，一边开始读起放在社团办公室的旧书。

一时之间，只有沙沙作响的写字声和啪擦啪擦的翻书声，跟尘埃一起堆积在狭窄的办公室里。

过了一会儿，远子学姐还是保持背对我的姿势说道：

"对了，心叶君。千爱现在不知道怎么样了。"

我的手顿时停了下来。

但是因为不想让人发现我内心的动摇，所以我立刻写了起来。

“谁知道……反正已经跟我无关了。”

“可是她还没把报告交给我呢。”

远子学姐转过头来看着我。

“心叶君，你可以去找千爱帮我拿回报告吗？”

我霎时无言以对。

“你在说什么啊。我才不要去。”

“可是可是，我们已经说好了，契约结束后她要交一份报告给我啊。”

“吃那种东西一定会吃坏肚子喔！我才不去咧！绝对不去！如果非得吃那种脏东西不可，远子学姐自己去拿不就好了！”

远子学姐露出悲伤的表情。

糟糕，我说得太过火了。

“……心叶君，千爱或许真的对你撒了谎，但是在那些话里也有真实的部分不是吗？

“千爱为什么要做这种事，心叶君应该还没问过她吧。你想要就这样结束吗？心叶君写情书的时候，不是也很想帮千爱的忙吗？”

“……”

我沉默不语地继续写着三个主题的故事。

“写好了。”

我刷地一声撕下三张稿纸，递给远子学姐。

“请吃光吧。”

我写的“背着订书机的羊被做成涮涮锅”的故事，一定是很诡异的味道吧？远子学姐眼眶含泪，拼命吞下那三张原稿用纸。

“唔……难吃……唔唔……这是我由衷的感想。真、真是复杂的味道，这、这实在是……真难吃……唔，唔唔唔……好吃……很好吃……真是的……唔唔……只要想着好吃的话，一定会变好吃的……唔唔……”

受不了，实在是拿这个人没办法。

我胡乱写的诡异故事，也真亏她吞得下去。

好像是去年春天我刚加入文艺社的时候吧。

我故意写得很烂，从头到尾没有标点符号，完全无视行文逻辑的故事，她也是哭丧着脸，硬着头皮吃完了。

“谢谢你的招待啊，这个嘛……句读点是在对话之中，为了喘口气而插进去的符号。虽然句读点太多反而让步调变得很不流畅，不过一开始最好还是可以写出来。而且，在韵文里面或许不要用太多比较好。”

就这样，还很愚蠢地认真给予评论。

不管我多少次胡乱写下文章，远子学姐还是会好好吃完，然后到了隔天，就会面带笑容地前来迎接我：

“社团时间到了，心叶君。”

或许她是因为发觉了当时的我把自己封锁在象牙塔里，避免跟别人有任何交流，所以觉得不能丢着我不管吧。

虽然她看起来只是个天性浑厚，总是沉浸在个人世界中的文学少女，好像也完全不在意周遭的事，其实远子学姐也是很坚守原则的。

或许我是因为这一年来跟远子学姐朝夕相处，所以受到了感化吧。

隔天放学后，我为了见竹田同学，跑了一趟图书馆。

“无论竹田同学为什么欺骗我，都无所谓了。我只是因为远子学姐犯了嘴馋，一直吵着要吃竹田同学的报告，才无可奈何地来催稿。”

我一边喃喃自语，一边走下连接地下书库的生锈螺旋阶梯。

喀喀喀……

脚步声逐渐被地下的静谧给吞噬掉。

我走下最后一层楼梯，在门上敲了敲，就有一个带着警戒的声音回答道：

“是、是的。”

“……我是文艺社的井上。”

“心叶学长！请、请你稍等一下喔！”

里面传出书本崩落移动的声音、老鼠啾啾的叫声，还有“嘘——快点走开”赶走老鼠的声音，然后在一阵寂静后，竹田终于打开门，战战兢兢地伸出头来。

“那个……请、请进。我已经把老鼠赶走了，已、已经没关系了……”

“……谢谢。”

我顺从地走了进去。

书库就跟我之前来的时候一样，还是充满老旧纸张的气味，既阴暗又满是尘埃。

书桌上的台灯就像深夜街道上的街灯，发出微弱的光芒。书桌上摆着橘红色水壶，以及印上鸭子图案的马克杯，旁边还放着一个装饼干的铁盒。

"……远子学姐叫我来问报告的事。"

竹田低下头。

"真的很抱歉。我的确曾试着写写看，但是自己读过之后……觉得完全不行……我好像真的没有写作天分。"

我不知该回答些什么，就继续保持沉默。竹田还是低着头，身子越缩越小地说：

"我对心叶学长和远子学姐说了谎，真的很对不起。其实我……我曾想要当一次侦探。因为每天都过得很平凡，很无聊……我想，如果有喜欢的对象，或许会有所改变，只要跟男生交往，努力去喜欢对方，应该就能过得充实、幸福一点……但是，丑小鸭仍然是丑小鸭……我是没办法成为公主的。虽然一开始觉得挺愉快的，但是渐渐习惯后，还是觉得不过如此……

"就在这时，我在这里发现了愁二学长的信。

"读了之后就觉得胸口好难受，还会边看边哭。

"在那之后，我觉得整个世界好像变了色。

"我想要多知道这个人的事。

"想要更接近这个人。

"这么一来，或许我就可以变得跟现在的自己不一样。就连这样的我，或许都会有令人心跳加速、兴奋不已的精彩故事吧。

"我……我是这样想的。"

"……把毕业纪念册上的照片剪下来的也是你吧？"

"是的。我在调查愁二学长的事情时，越来越想要知道愁二学长自杀的原因。

“放学后我就会关在这个房里，一个人天马行空地推理，这让我觉得非常快乐，好像真的变成了侦探。

“如果不要这么沉迷就好了……

“当我在校门口看到正在发招生传单的心叶学长时——因为你实在太像愁二学长了，我讶异得几乎屏息。

“因此，当时我立刻想到这个主意。

“如果让心叶学长和弓箭社的毕业学长见面，一定可以发现S是谁，也可以追查出愁二学长的死亡真相了。”

因此，竹田同学才会借着远子学姐设置的恋爱咨询信箱为由接近我，达成了她的目的。

愁二学长是存在的！真的！

竹田同学曾经再三地这么强调。

对竹田同学来说，片冈愁二这个人并不是只有看过信件的虚幻的人，而是有血有肉的真实人物。

竹田同学是这样深信着的。

而且，愁二学长在竹田同学的心中也占有重大的地位。

但是，现在的竹田同学却好像很寂寞。

“因为我的冲动，让心叶学长添了很多麻烦，真是对不起。结果我除了知道真相之后的辛酸无奈外，完全没有任何改变。”

竹田同学轻轻拿起鸭子马克杯。

“送我这个杯子的好朋友，在两年前因为车祸去世了。她就像咲子一样，是被车子给……”

原来是这样啊。

竹田同学之所以对愁二学长如此执著，或许就是因为她跟愁二学长一样，也有亲近的人因为车祸而去世吧。如果这样想，我也可以稍微了解竹田同学的心情，胸口不禁有些发痛。

“……那个女孩真的很坚强，个性积极乐观，头脑也很好，就像班上的领袖。跟我比起来，她过的是更精彩的人生……”竹田同学用几乎难以听闻的声音嗫嚅着。

她凝视着马克杯的眼睛，渗入了悲哀的神情。

“竹田同学……我认为过着平凡的人生也不坏啊。而且就我个人而言，也比较喜欢平凡的人生。”

“说得也是……”

竹田同学寂寞地微笑着。

然后她猛然抬起头来，突然转变成明快的口气说道：

“你知道吗？今天就是愁二学长的十周年忌日。所以……我想要留下最后的回忆。但是，我现在得走了，小广还在等我呢！”

竹田同学开始收拾起桌上的东西。

虽然她面带微笑，眼里却浮现泪光。她为了不让泪水流下，还努力地睁大眼睛，所以表情显得非常不自然。

竹田同学抱起随身物品，笑着对我说：

“我先走啰！可以跟心叶学长聊这些话，我真的很高兴，也很谢谢你来找我。”

“竹田同学……不用勉强自己写报告。因为不是什么有趣的工作，就算写了也不会有什么改变吧我想……”

竹田同学的表情突然变得有些恍惚，她眨了眨眼睛，望向上方，嘴角浮现一丝笑容。

“说得也是……就算写了……也一定都是悲惨的事吧……也

不会有任何改变吧……”

这明明是我自己说的话，听在耳中却刺痛了我的心。

是啊，没有错，就算写了也不会有任何改变。

写作是无法拯救任何人的。

竹田同学轻轻说着：“再见。”

对我展露出最后的笑容。

哒哒哒哒……

我在弥漫着香甜气味的书库里，听着爬上螺旋阶梯的竹田同学的脚步声渐行渐远。

我突然想起竹田同学在雨中哭着抱住我的模样。

然后，想起竹田同学在中庭跟男朋友一起吃便当时的笑容。

添田学长和理保子学姐选择了永远想着片冈学长而活下去。

而竹田同学应该已经可以放下愁二学长了吧。

在这之后，她应该可以跟小广一起过着平凡而安稳的每一天吧。

希望竹田同学以后可以过得幸福，我心想着。

但是，这只是我的一厢情愿。

太宰治在他的《人间失格》里曾经这样说过，时间的流逝是平等赋予每个人的治愈，或许也是救赎。

因为我觉得心情有点郁闷，就在林立的书架间漫步，随意看看其上陈列的书名。

看过的书名、没看过的书名、只是匆忙掠过没仔细看的书名，各式各样的书名在昏暗的光线里从我的视野中流过。

“啊……”

看到这个书名，我突然停下脚步。

“是《人间失格》……”

夹有愁二学长信件的或许就是这本书吧。

我伸出食指，想要把这本书抽出来。书本是放在箱形的封套里，封套已经褪成黄色，还染上茶色斑点。

“唔……还真硬呢。”

我一直无法抽出这本书。

“唔……是被什么黏住了吗……？哇！”

在我的硬拉之下，书本和一本类似笔记本的东西一起飞了出来，掉在地上。

啪嗒。

我弯下腰正准备捡起书本时，心中突然一惊。

有张像是用剪刀剪下的小小照片掉在地上，照片上的男生，用那张跟我长得很相似的脸庞仰望着我——

掉在照片旁的，是一本封面印着鸭子的小小笔记本。

这张照片……难道是从毕业纪念册剪下来的照片？而且，这不是竹田的笔记本吗？

不知为何，像是刻意隐藏似的放在这种地方。

还偏偏夹在《人间失格》里。

这简直就像——

我的胸口浮起一股不祥的预感。

捡起掉在地上的笔记本，我快速读起用细小字体写在上面的文章。

看到最前面一段文字的瞬间，我突然有一种头下脚上地摔落深渊的感觉。

我继续看下去，努力按捺着看完最后一页，我一边诅咒着自己的愚蠢，一边合上笔记本，冲了出去。

我这辈子做了太多丢脸的事情。

我第一次察觉到自己的异常，就是对我疼爱有加的奶奶去世时。

记得当时奶奶因为心脏病发而必须卧病在床，但每当我到床畔探望她时，她都会摸摸我的头说：“你真是个乖孩子。”然后露出满意的表情，将眼睛眯成细线。

可是，我并不像奶奶所想的，是个单纯乖巧的孩子。奶奶那双骨瘦如柴的手、满是皱纹的脸、一头蓬乱的白发、身上散发出来的药臭味，都让我觉得厌恶至极，感觉非常恐怖。

“你真是个乖孩子。”

每次她用沙哑的声音在我耳畔低语时，我就觉得自己好像被人下了符咒般，脖子变僵硬，全身起鸡皮疙瘩。

如果奶奶知道我不是乖孩子,知道我其实很讨厌她,一定会马上站起来,白发像母夜叉一样整个竖起来,双眸冒出红色火光,将我吞下去。我很怕发生这样的事,每天晚上都吓到冒冷汗而失眠。

年纪越大,越觉得自己与他人的想法之间的差异与隔阂也越来越大。其他人觉得高兴或悲伤的事,我却一点感觉也没有,连小脚趾尖都无法产生共鸣。

为什么人会觉得高兴?

为什么人会觉得哀伤?

在运动会或球赛上,大家情绪激动地为队友加油的时候,还有同学要转校了,大家依依不舍送行的时候,我都像个言语不通的外国人,站在人群中,浑身觉得很不对劲。瑟缩着身子,下腹部也开始绞痛起来。身边的人喋喋不休地在说话,我却完全听不懂他们在说什么。

为什么?为什么大家都在哭?啊啊,我实在是不明白。可是,大家都在哭,如果只有我一脸平静,一定会被认为很奇怪,所以我一定要想办法让自己哭。脸部僵硬根本就哭不出来。我的脸颊在发热。如果让人发现我是假哭,该怎么办?我绝对不能把头抬起来。只好低着头,一脸忧郁表情。啊啊,这次大家又笑成一团了。到底有什么好笑?我真的不知道。可是,如果没有跟大家一样,一定会被当作怪胎,就交不到朋友了。

现在要笑。笑吧!笑吧!不,哭吧,哭吧!不是,应该要笑,一

定要笑才行。

在双亲、老师和同学面前，我拼命装出很有礼貌的样子，拼命耍宝，只为了博取大家的欢心。啊啊，真希望永远不会有人发现我是个不懂人类心理的妖怪。希望可以伪装成愚蠢笨拙的人，让大家笑着、同情着、原谅着，就这样继续活下去。

直到升上初中，认识了 S 之前，我从来不曾发觉自己是个小丑。

我一边呼呼地喘气，一边爬上通往屋顶的楼梯。

第三手记并不是出自片冈愁二的手笔，而是竹田同学写的。

为什么我会这么愚蠢呢？

我一直都只是用自己肤浅、单纯的常识去看待竹田千爱这个女孩。

竹田同学为何要找寻 S？

为什么又要这么执着于片冈愁二的死？

我实在是太缺乏想象力了。

竹田同学那张圆圆的脸，骨碌碌地灵活转动的眼睛，像孩子一样的举止，开朗的笑容，像小狗般的天真无邪、心思单纯、活泼好动，我看见的都只是这些表面的东西。

我想都没想过，其实这全都是竹田同学的演技——！

聊聊 S 的事吧。

S最了解我了，却也是我不共戴天的仇人、好朋友、我的半身，且跟我水火不容。

S以令人恐惧的聪颖，看透了我的一切。

为了希望世上的人认为我很完美所使出的小丑伎俩，只有在S身上完全行不通。

因此，我很怕S。

因为很怕，所以无法从S身边逃离。

不管是在教室或参加社团活动，我都跟S在一起。

我觉得S的眼神就好像上天在审判人，恐惧和羞愧让我不停发抖、冒冷汗。

这个世界是地狱。

我就是S的奴隶。

在我十四岁生日那天，S送我一个印有鸭子图案的马克杯。

S说这只鸭子呆头呆脑的长相，看起来跟我一模一样。

我嘿嘿地笑了，S就紧紧盯着我，问我是不是真的想要一直这样下去。

我开始觉得害怕。

我只是假扮成一只鸭子的妖怪，这似乎让S感到非常不高兴。

为了让S转换心情，我装出搞笑的表情，连续说了好几个笑话。

但是S没有笑，只是生气地说了“够了，你就永远当一只笨鸭子好了。”然后就走掉了。

我往S追过去。

如果被S舍弃，S一定会告诉大家我其实是妖怪吧！

如果不让S笑。

如果不拉住S。

如果让S就此离去，我还不如死了算了——

这么想着的我，就在马路上故意跌倒了。

S惊讶地转过头来，无可奈何地皱起眉头，朝我跑了过来。

当我总算放下心中大石的时候，旁边突然冲来一辆汽车，撞飞了S纤细的身体，然后S就倒在地上，一动也不动了。

叫做斋藤静的女孩，被这个叫竹田千爱的妖怪害死了。

那一天，软绵绵的肉被压碎了，散发出酸酸甜甜味道的红色鲜血就在黑色柏油路面上扩散开来，我保持着空洞的心，眺望着眼前的景象。

我，杀了，人。

恐怕连神也不想帮我了吧！

——因为我太平凡了。

——就算看了《人间失格》，也完全看不懂。

——我真的非常平凡，头脑不好，很没用，就算穷尽一生，也无法了解太宰治或愁二学长那种渴望死亡的想法。《人间失格》我前后看了五遍，可是还是不懂……最后只能痛哭。

竹田同学是抱着怎样的心情，说她看不懂《人间失格》的呢？

——只能痛哭。

她是抱着怎样的心情哭泣呢？

——这实在……很奇怪。太自怨自艾了，根本不需要活得那么痛苦啊！

她到底是怀着怎样的心情，说出这些伤害自己的话——？

我对那个男孩说，可以交往看看。

那个男孩就像小狗般，露出纯真的笑容。

那个男孩对我是百分百信赖，将他自己交给了我。

他是只单纯无邪、心地善良、个性开朗，深受神喜爱的白羊。

像这样的男孩，让我嫉妒又讨厌，同时也对他的纯真产生无法抑止的憧憬感觉。

或者、也许，这样的男孩可以让我有所改变。

人们常说恋爱会让人改变。

或许这个男孩可以拯救我。

也许从此以后，我可以不再是个没有爱情、没有同情心的妖

怪，而是真正的人类。

啊，我真的好希望变成那样。

胸口仿佛有股快烧焦的热气蹿升，我如此热烈地祈求着。

就喜欢那个男孩吧！

就算刚开始是假的，但总有一天会变成真的。

竹田同学至今跟我说过的话，突然在我脑中一转，变成了完全不同意味的话语。

那个雨天，她在校舍附近扑在我的身上时，还有当我质问竹田同学，愁二学长根本就不存在的时候，竹田同学明明露出了那么悲哀的表情。

那种悲哀到底是因何而来，我彻彻底底地误会了。

我在那个男孩面前装出笑脸，一直撒娇地说喜欢他喜欢他。

那个男孩的确因此越来越喜欢我，但是我却一天比一天悲伤。

就算从外表看来还是一样持续着小丑的演技，但是内心却像濒死的病人一样衰弱疲惫，有时还会感到身体被撕裂的痛苦滋味。

在那个下雨天的校舍里，当那个男孩的嘴唇接触到我的嘴唇时，我的心中好像有什么东西爆发了。那并不是喜悦，而是让我全身寒毛都倒竖起来的嫌恶感。

讨厌，人家吓了一跳啦！我故作害羞地笑着，然后跑开了。

我觉得天旋地转，觉得喉咙里面好像有炽热的块状物快要随着喘气呕出，好几次用手掩住嘴，在雨中不停地奔跑着。

讨厌，讨

厌，讨厌，讨厌，讨厌……

我受不了了，一切都觉得好讨厌。

为什么我在杀了S之后还能活下来？

不是应该反过来吗？

我不是应该被S杀掉吗？

我就是因为如此期望着，才会像奴隶一样趴在S的脚边，追随着S不是吗？

我憎恨S，也害怕S。但是在我的心底深处，其实是非常渴望自己被S毁灭的。

只有S，就是S，才是应该把我杀掉的人啊！

但是，S已经不在了。

无法承受人们的失望、责备和排斥，既卑劣又脆弱的我，只能一辈子继续扮演着小丑，活在这个世上了。

比起跟S在一起的时候，这是更严酷更无从救赎的地狱。

“我认为过着平凡的人生也不坏啊。而且就我个人而言，也比较喜欢平凡的人生。”

——说得也是……

我为什么会说出那么不体贴的话？

什么都不知道。我根本什么都不懂。

当我说了“过着平凡的人生也不坏”时，竹田同学是感受到如何的绝望与伤痛啊！

我读了跟我很相似的人写的信。

简直就像看见了另一个自己，觉得胸口滞塞，眼泪不停地从脸颊滚落。

啊，我终于遇见跟我有同样心情的人了。

只有他，一定可以理解我心中的痛苦吧！

这个手记也是模仿他的手笔写的。

我写着写着，也觉得跟他变得越来越亲近。

竹田同学读了片冈愁二的信，受到他强烈吸引，还认真追查他的死因，并不是因为他拥有竹田同学没有的特质。

她并不是因为个性互补而受到吸引。

反而是知道了这个人拥有跟她相同的灵魂，才会不由自主地想要证明这个人的存在。

他的S到底是谁？

要怎么做才能找出S的弱点？

只要让S的心动摇，一定可以挖出所有的秘密。

没错，只有S知道他的死因。

他到底是怎么死的？是自己选择了死亡？还是被S杀害的？在他最后的一刻，到底说了什么话，用怎样的表情死去的？

跟我拥有相同灵魂的他，究竟找到了怎样的答案？

我要追随他的道路。

要以此决定自己到底该活着，还是该死去。

啊，好想知道。无论如何都想知道，非知道不可。

不管醒着睡着都在想这件事的我，在想不到的情况下终于得到了让S崩溃的钥匙。

伴随着像是胸口被烙铁灼烧般的激烈痛苦，我终于能够理解了。

竹田同学和片冈愁二是同样类型的人。

同样期望着能够被最理解自己又是敌人的S这么一号人物给毁灭，也同样因为自己的失策而失去最亲近的人。

他们因此强烈地自我谴责，内心渐渐地崩坏了。

失去最亲密的朋友斋藤静之后，对于痛苦地持续着对她的愧疚与罪恶感的竹田同学来说，片冈愁二的信就像从痛苦中逃离的指南针。

所以竹田同学采取了行动。

她让长得很像片冈愁二的我接近弓箭社的毕业学长，找出身为S的添田学长，并且写信给他。

就像一点一滴逐渐注入毒药似的——S越来越倾向疯狂，我只是用冷静的眼神观察着他。

我知道S的态度不像平常一样，那样地从容不迫。

S的眼光不断游移着，S的声音也在颤抖。

S一个人独处时，会不停地叹气，还会抓头发，像受到惊吓般突然回头看。

跟自己相像的片冈愁二临死前到底在想些什么？

到底是以怎样的方式死去？

是他杀？还是自杀？

是被人杀害的？还是自己选择了死亡？

竹田同学想要知道。

无论如何，都想知道这些事。

那一刻就快到了。

已经准备就绪。

接下来就只要拿起钥匙打开门就好。

为了决定自己的未来，竹田同学无论如何、无论如何都想知道这些事。

我写了信给S。

我在顶楼等你。

我们来聊聊真心话吧。

写了竹田同学内心剖白的笔记本，在最后一页是这样写的。

愁二学长已经给我答案了。

去吧，到屋顶上去吧！

二楼。

三楼。

四楼。

我觉得楼梯好像往上方无限延伸，忍不住冒出一种永远都无法到达竹田同学那里的不安与恐惧。

就算我爬完了这座长长的楼梯，等在前头的还不就是无可挽救的悲剧？

就像美羽那时候一样，我还不是只能束手无策地看着竹田同学从屋顶上跳下去的身影？

我觉得心脏快要裂开，头昏目眩，几乎就要倒在地上了。

不行了。

一定会像那时一样赶不上的。

还是别去屋顶比较好吧！如果去了，又会看到不想看的事，只会让自己更痛苦。

不可以去。

我的嘴唇和指尖都麻痹了，像是野兽一样紊乱地喘气，眼前逐渐变成一片白。

升上高中后明明没有再发作过的，被添田学长带到屋顶上的时候，我却变得几乎没办法呼吸。

就跟当时一样，强烈的饥饿感和不安向我袭来，全身变得冰冷，痛苦的喘息从喉咙漏出，身体无力地倾倒，只能靠在楼梯扶手上。

好痛苦。

快要死了。

啊啊，一定赶不上的。已经来不及了。就算去了屋顶也没用。已经没用了。大家就只能继续不幸下去。已经没有任何办法了。说什么都太迟了。

——不，事情不是这样的。

就在我即将坠入绝望深渊时，有一只看不见的手把我的手往上提起。

或许那就是远子学姐的手吧。

拉着我那只有气无力的手，从不放弃地把我带到这里来的就是远子学姐。

远子学姐从来没有舍弃过我。

然后，还会对哭喊着不想再努力的我，对哭喊着已经什么都不知道的我，温柔地说着一定要自己去找寻答案。

就算痛苦，就算悲伤，就算难受，也一定要用自己的双脚走下去，找出那个答案。

就像不愿失信于朋友的美乐斯，我又站了起来，不顾一切地继续往楼梯上方跑去。

我已经感觉不到痛苦难过、心脏几乎快要裂开、喘得无法呼吸或是眼前昏黑，只是一个劲地持续朝屋顶上跑去。

原本以为会永远延续下去的楼梯前方，出现了一扇沉重的门扉，我就像全身撞上去一样打开了门。

天空就跟平时一样蔚蓝晴朗。

竹田同学正站在栏杆外的屋檐。

小小的背影看起来柔弱无依。

“不行！竹田同学！”

我大叫着跑过去，她也惊讶地转过头来。我看见她用双手抱着那个鸭子马克杯，啊，她是真的想要寻死，我的胸口都揪起来了。

“不行，竹田同学！绝对不可以死！不要就这样结束一切！你并不是愁二学长！你是竹田千爱啊！你跟愁二学长不一样！没有道理因为愁二学长自杀，你也跟着自杀啊！”

竹田同学露出了哭泣般的表情。

我从栅栏之间伸手抓住竹田同学的手。

一边用肩膀喘息，一字一顿地说道：

“你非得找出跟愁二学长不同的答案不可！”

看到被我卷握着的鸭子笔记本后，竹田同学的脸上浮现出苦涩的微笑。

“心叶学长……那本笔记本……你已经看过了吧。那应该是……要在十年后才能被发现的呐……那是，为了留给十年后的我的讯息。就像愁二学长也留了信给十年后的自己——也就是我——同样地……”

“你在说什么傻话啊！你没有必要选择跟愁二学长相同的路

啊！快回到这边吧！”

竹田同学的眼中潸潸落下透明的水珠，就像因为自己的心情永远无法被理解而流的苦涩泪水。

“可是，心叶学长，我已经无法继续忍耐活在这个世上的耻辱和痛苦了。”

这个渗入了悲痛的压抑声音刺进我的胸口，让我无言以对。

心叶，你一定不懂吧。

啊，跟美羽那次一样的事，又要再度发生在我身上了吗？

“你知道吧，心叶学长，愁二学长并不是因为对咲子的罪恶感才想要寻死，而是因为咲子在他眼前被车撞了，变得一动也不动，但是他却丝毫没有悲伤，才会对这么丑恶的自己感到绝望。

“我也一样。

“我杀死了小静。

“如果我没有故意跌倒，小静就不会因为突然往回跑而被车子撞死。所以，这就跟我亲手杀死小静是一样的。

“但是，小静在我面前血流如注地死去之时，我却连一点悲伤的情绪都没有。

“连在小静的葬礼上也是，我一滴眼泪都没有流。

“该怎么说呢，就只是一直在发呆吧。

“家人和朋友，还有小静的双亲，都在旁边窃窃私语地说我一定是因为很要好的女孩死在自己面前，所以受到极度的震惊，悲伤地把心灵封闭起来了，真可怜啊，就让她静静地一个人吧。

“才不是这样！

“我根本一点都不难过！

“不管我再怎么回忆，如何在心中搜寻小静的事而逼自己哭，却还是徒劳无功，完全挤不出一丝一毫悲伤的心情。小静已经死掉了，我却完全感受不到半点悲伤。

“这——这太奇怪了吧！人都已经死了耶！而且还是我最要好的朋友！为什么一点都不悲伤呢，这样太异常了吧！”

竹田同学的口气越来越激动，湿润的眼睛也越来越显得绝望。

我完全无法说出“不会的，这样一点都不奇怪”这种话。

以我的常识来判断，这的确很异常，所以我完全无法否认。

充满于日常生活中的恐惧感，我也非常清楚。但是，反正我只是个活在双亲细心呵护之中的孩子，并没有真的体会过足以让我理解竹田同学心中痛苦的那种强烈绝望感。

“我并不是因为对小静的罪恶感才想要寻死，而是对于小静死了也不悲伤的自己感到太丢脸、太害怕，所以不得不死。

“太宰治也说过，就算继续活着，污秽的罪名也会逐渐由浅加深，烦恼也只会变得越来越强烈！他也说过‘想要死，非死不可，活着就是罪恶的种子’吧！我再也无法忍耐抱着这种心情活下去了！心叶学长，这样子我还活得下去吗？你还是要叫我活下去吗？要对我说死是错误的吗？我不能让自己得到解脱吗？”

我抓着竹田同学的手稍微松开了一点。

理保子学姐为了让痛苦的愁二学长获得解脱，所以实现了愁二学长的心愿。

可是……

可是我……

原本松开的手，又握得更用力。

竹田同学睁大了眼睛。

“我不懂——我才不明白咧！或许真的是我错了。或许我真的对你说了很过分的话。但是，我还是不能让你死。为什么不能，虽然我现在没办法说清楚，但是我一定会帮你找寻活下去的理由！所以你先别急着死啊！再试着活下去吧！努力地活下去吧！我会陪你一起想的，也会陪你一起烦恼的！这点事我还办得到！”

竹田同学还是继续落泪。

“就算你……跟我这么说……”

“拜托你，竹田同学，快点回这边吧！”

“不行……我已经……”

竹田同学挥开了我的手。这个动作让竹田同学的身体失去平衡，脚在屋檐上滑了一下。

“竹田同学！”

鸭子笔记本掉在水泥地面上，强风啪啦啪啦地翻动书页。

我整个人趴在地上，紧紧拉住竹田同学的一只手。

竹田同学的双脚，还有拿着鸭子马克杯的另一只手，就像挂在电线杆上的风筝危险地摆荡着。

“放开我……让我就这样死了吧……”

竹田同学用虚弱的声音说着。

“……我才不要！”

手臂好像快断了。啊，如果我不是一直把自己关在家里，如果有更多的体力就好了。

“求求你！心叶学长……”

“不要！”

我绝不放手，怎能放手。美羽在我的面前坠落时，我只是束手无策地呆立原地。

就算不了解美羽的心情，就算说不出有说服力的话语，也应该可以跑过去，紧紧抱住她才对。

我明明可以伸出手来，阻止她的死亡才对。

所以，这次我绝对不会放手！

“绝对不可以死！活着本来就会有很多丢脸的事啊！就连我在两年前都还以女生的身份，还被人家称为谜样美少女，因为太丢脸了所以拒绝上学，把自己关在家里，未来已是一片黑暗，就算这样还不是好好地活下来了！”

脱口而出的这番话，让竹田同学讶异地睁大眼睛。

“女……女生……？”

就在此时，竹田同学的手因为流汗而滑开了。

“呀——”

竹田同学的手从我的手中离开了。

但是，那只手又被从旁伸出的两只手给抓住了。

“没错，不管是谁都有不愿对人提起的耻辱。我也是，之前还把从图书馆借来的《了不起的盖茨比》吃下去了。”

远子学姐把她的扁平胸贴在水泥地面，难过地皱着脸，从栏杆之间伸出的双手紧紧抓着竹田同学的手。

我也急忙用双手抓好竹田同学的手。

“……远子学姐……你怎么会在这里啊？”

“唔……我刚才去图书馆，有个担任图书委员的女孩告诉我心叶君突然冲出去了……所以我就跑来找你了……”

比我还要居家派的远子学姐，保持这种姿势应该相当辛苦吧！

竹田同学思绪紊乱地说：

“把《了不起的盖茨比》……吃掉了……这是……怎么回事……”

远子学姐苍白的额头上滴着汗水，一边辛苦地回答：

“……呜……这个世上，是有很多无法理解的事情唷！找出这些事，也是人生的乐趣之一。”

下方突然出现一阵骚动。

大概是有人发现我们，所以开始慌乱了吧！

竹田同学叹着气望向下方。或许是觉得这样拖拖拉拉的死不了，竹田同学好像就要甩开我们的手了，此时远子学姐大叫：

“竹田同学读过《人间失格》以外的太宰治作品吗？”

“呃？”

这个出人意表的问题，让竹田同学停止挣扎。

远子学姐继续拉着竹田同学的手，激动地说着：

“有些人只读了《人间失格》，就以为太宰治的作品充满阴暗忧郁又不健康的色彩，这结论未免下得太早了。光看过《人间失格》，是无法评论太宰治的作品的。在上公民与道德课时，不是都读过《跑吧！美乐斯》吗？你不觉得为了买给妹妹的结婚礼物而到市场去，因为听了恶政的评价而引发正义感，从大门走进皇宫打算暗杀国王，那样冲动莽撞、那样单纯率直的美乐斯很令人喜爱吗？你不曾因为他跟石匠之间的诚挚友谊而感到热血沸腾吗？美乐斯可是全身赤裸，满心热情地奔往石匠的所在啊！”

啊，你到底在说些什么啊，远子学姐。

我真想抱着自己的头。

但是，远子学姐一边滴着汗水，还是一脸认真地继续说下去。

“你试着想想吧！就算是不同的时代背景，全裸在街上奔跑一定是很丢脸吧！但美乐斯还是赤裸着跑下去，努力回到朋友身边。就连那个不相信人心，暴虐无道、残酷不仁的国王都因而受到感动！

“最后石匠说了‘美乐斯，你没有穿衣服耶’这句台词，在我的记忆中，并没有收录在小学的公民与道德教科书上。你去看看原文吧！就算只是为了这句台词，也有阅读的价值唷！

“不只是美乐斯。另外还有很多充满爱与信任的精采作品！你一定要看看《叶樱与魔笛》！姐姐担心罹患不治之症的妹妹的那种心情，是多么令人动容啊。结局也不是只有悲伤，还有着温柔的气氛和希望的光辉啊！在《雪夜的故事》里，为了让哥哥的新娘看见美丽雪景的妹妹，还有在《皮肤与心》里出现的，就像少女一样恋慕着自己丈夫的太太，大家都非常纯情，非常可爱。《浪漫灯笼》里面的五个兄弟姐妹，还会一起写小说接龙，简直就像温馨家庭剧一样融洽。《女学生》里的女主角不是也很可爱，让人忍不住想要拥抱她吗！

“以女性读者写给作家的信为蓝本的《耻》和太宰治遗作的《Good Bye》，还有描写喜欢奢华衣服男子的《时尚童子》这些作品，都是描述了人间百态的幽默故事。随笔的《如是我闻》之中，还可以看到像是对志贺直哉挑衅的人一样滑稽的太宰治。如果喜欢感动人心的故事，就去看《畜犬谈》或是《货币》吧！里面充满了太宰治的温柔和对人的信赖唷！不管哪一本，都是震撼人心的杰作！

如果没有把这些全部看完就死实在太可惜了!”

这到底是哪门子的说服啊?

天底下会有人对想要自杀的人说这种话吗?

但远子学姐是认真的。

无比的认真,卖力,拼死,甚至是赌上性命。

张口结舌仰望远子学姐的竹田同学,眼中变得越来越湿润,接着就滴下泪水。

一定是觉得太诡异、太白痴了,又被那强悍的发言慑服,所以不知如何是好。

她一边潸潸落泪,浮现出不知是哭是笑的表情。

远子学姐不断流汗,眼中都冒出血丝了,还是拼命地说:

“在战后严格的出版品管制中,将古代作品做了幽默改编的《御伽草纸》也非读不可。《卡奇卡奇山》也是用这种方式改写的,保证会让你看得大吃一惊唷!

“我告诉你!太宰治并不是只写了《人间失格》啊!

“确实,太宰治或许是在写完《人间失格》之后自杀的。他也写过不少让人看了之后心情黯然的作品,或许《人间失格》真的是太宰得到的答案。

“但这并不是太宰治的全部啊!

“太宰的作品中,还是有很多善良温和的人。虽然平凡又懦弱,但是却努力变得坚强的角色也很多。

“他以恋人太田静子的日记为原型描写没落贵族的名著《斜阳》,女主角和子就算家道中落且无法实现恋情,还是独自生下孩子,勇敢地活下去。在最后的章节里,宁静的黎明景色中,太阳发出灿烂的光辉缓缓升上天空的描写也很激励人心不是吗！就算是沉落地面的太阳，只要过了夜晚，一定会再度升起啊！

“太宰治在《黄金风景》里叙述的美丽景色，还有美丽的故事，绝对不能在还没读过之前就死掉啊！至少，在还没把太宰治作品全集从头到尾读过一百遍，还没写过上千篇太宰作品的心得报告之前，绝对不能死啊！”

竹田同学眼里流出的泪水，落到了她抓着鸭子马克杯的手上。

她的手指松开了。

杯子笔直往下掉落，在地面砸得粉碎。

竹田同学空出来的那只手——抓住了远子学姐和我的手。

终章

新的故事

不可以死——他这么对我说。

我一定会帮你找寻活下去的理由！也会陪着你一起烦恼！所以你先别急着死啊！

不可以死——她这么对我说。

她还说只读了《人间失格》就死掉太可惜了。

太宰还写了很多其他的优秀作品，在看完这些作品之前绝对不能死。

两人都紧紧抓着我的手，拼命说服我。

我哭了。

哭着笑了。

有什么好悲伤的，有什么好笑的，有什么好难过的，有什么好高兴的，虽然还是不理解，但眼泪却不停流了出来。我想自己当时的表情一定像动物园的猴子，或是刚出生的婴儿一样丑陋可笑吧！

我松开湿濡的手，小静送给我的马克杯就从我的指尖滑掉了。

那是为了提醒自己对小静犯下的罪行，总是摆在举目可及之处的马克杯。

可是，当它离开我的手，在地上摔得粉碎时，我突然有种松口气的感觉。

心情变轻松，觉得好像得到了解放。

这或许是因为我的薄情吧。

说不定我还是没办法以不懂人心的妖怪身份继续活下去吧。

那一天，或许我应该在屋顶上死去。

但是我自己伸出手，抓住了那两人的手。

他们两人都满脸通红地，一边唠叨一边拉住了我。

途中，老师和消防署人员也跑到屋顶上，帮忙把我拉回栏杆的另一边。

为什么要做这种事？在那之后，老师和父母都详细地问过我。到底发生了什么事？是不是被欺负了？

不是这样。我只是觉得好玩爬出栏杆，然后不小心滑了一下。

好可怕，我还以为会死掉呢！

我装出发抖害怕的模样回答后，就因为太胡闹而被重重地骂了一顿。

谣言一下子就传遍学校，我顿时成了名人。

有人在背地里偷偷说我的闲话，有人直接当着面嘲弄我，也有人对我投以同情的眼光。

当然也有人和善待我。

也有人跟平时一样未曾改变态度。

“你真的自杀未遂吗？是不是有什么烦恼?”

也有人担心地这样询问我。

每个人的反应都不尽相同。

既然有善良的人，也就会有坏心人，更有对什么都漠不关心的人。

不管是学校或社会，一定都是这样。

这时我就会假装呆呆的，像个天真的少女，笑着回答“嘿，失败了。真是有点不好意思”。

人果真没那么容易改变。

今后我仍会戴着小丑面具，继续欺瞒世人的眼光活下去吧。

但是，现在的我已经不像从前那样觉得丢脸了。

我跟小广分手了。

“我并不是因为觉得跟你在一起太引人注目才提出分手的唷……”他这么说着，一边还转开视线。

我也觉得我们还是拉开一点距离比较好。

我用跟平时截然不同的冷静语气这么说了之后，小广就像看到陌生人一样，以惊讶的眼神看着我，然后小小声回答“我知道了”。

我也知道，篮球社的经理花村同学偷偷喜欢着小广。

以前，花村同学也曾经说过我的坏话。所以我想花村同学应该会去安慰他吧。

到如今，要把这些事情写成报告的工作，也不再像以前那样觉得辛苦了。

在此之前，当我把自己丑陋肤浅的本质写出来时，好几次都忍不住把视线从笔记本上移开。

那些白纸黑字看起来就像污秽的诅咒，让我觉得十分恐惧。

但是，现在我写得越多，就越觉得好像把心中沉积已久的脓水吐了出来，变得越来越干净。就这样写着写着，心情也渐渐变得宁静，觉得自己好像已经看得到遥远的未来。

我还是有点后悔，没有在那一天死去。

但是，对于文艺社的学长学姐，我也有一种"没死真是太好了"的感谢的心情。

一定是这样的。

如果以后有人可以看透我的小丑面具，我打算挺起胸膛，笑着说出："是啊，一点也没错。你的眼光真够犀利呢！"

如果可以再次遇见像小静那样的人，我一定不会再对她说谎了吧。

自从在屋顶上救起竹田同学之后，又过了一个星期。

靡靡细雨打湿了青绿的树木，六月某日的放学后，竹田同学带着写完的报告，拜访文艺社。

“请进，我等你很久了。”

远子学姐跑去图书馆了，所以我代她收下竹田同学的报告。

“呜哇，好厚一沓，真是精心力作。”

“嘿，我写了一大堆哟！心叶学长，你曾在地下书库里对我说，就算写了也不会改变什么对吧。”

竹田同学以愉快的表情望着我。

“我也是那样想的。但是，自从我写了这份报告之后，反而感觉写作对人确实是有帮助。一定有这种效果吧。”

“嗯，说不定。”

美羽写的故事，总是让我感受到温暖和清澈的心情。

把写好的文章用活页夹钉成一册的美羽，看起来也是很幸福的样子。

那段时间并非全都是谎言。

所以，就如竹田同学所说，或许写作真的拥有治愈和救赎的效果吧。

“对了，心叶学长说过自己以前是女孩吧？”

“呃，那、那是因为——”

“你在屋顶上叫着‘被称为谜样美少女’对吧。难道学长有性别障碍，或是假性阴阳人之类的问题？还是说，学长其实是人妖？”

“哇啊，那个、这个、这是因为……”

“远子学姐也说过她‘把图书馆的书本吃掉了’对吧。那个我也很好奇，到底是怎么回事？”

“哇——那、那是一时情急不小心说出来的，拜托你！请快点忘了这些事吧！”

竹田同学看着面红耳赤，慌成一团的我，突然转变成知性的表情，露出微笑。

说不定这是竹田同学从来没有对任何人显现过的真正表情吧。

“好，我知道了。不管是谁都有想要对人隐瞒的丢脸事情呢。我会好好保守这些秘密的。”

“谢谢你。”

我总算松了一口气。我的秘密就算了，如果远子学姐的秘密被公诸于世可就不妙了。电视台和妖怪研究家一定会蜂拥而至吧。

“心叶学长，你帮我写的那些情书，我可以留下来吗？”

“咦，竹田同学还留着那些东西啊？”

竹田同学像平时那样天真地笑了。

“是的，我把那些信放在一个我很喜欢的饼干盒里，一直很珍惜地保管着。”

呜哇，突然觉得很不好意思。但是，因为竹田同学答应帮忙保守秘密，所以我只好答应。

“可是你要答应我，绝对不可以给别人看喔。”

“嘿，我会当做自己的宝物。”

竹田同学拜托我向远子学姐打招呼，说她还会再来玩，然后就离开了。

我坐在椅子上，开始读起竹田同学写的报告。

轻轻洒落的雨声，跟翻纸的声音重叠了。

就好像在母亲肚子里听见的安眠曲，清柔又悦耳地响起。

雨在不知不觉间停了，夕阳把活动室里染成一片金色。

已经过了多久？

埋首于阅读报告的我，突然觉得脖子后面好像被猫的尾巴扫过一样痒痒的，我无意识地伸手往后一抓。

（嗯？）

在我脖子上的并不是猫尾巴，而是远子学姐的辫子。

我往旁一看，远子学姐不知何时已经从图书馆回来了，她拿了张椅子坐在我后方，探出上身，越过我的肩膀一起读着报告。

（哇！）

远子学姐可能是太专注于报告了，她将右手食指点在嘴唇上，以出神的表情看着那些文字。就连我正抓着她的辫子都没有发觉。

还不只是这样，远子学姐的身体太过前倾了，她的脸颊几乎要贴在我的脸颊上。低垂的睫毛闪着金色光芒。我们之间的距离近到好像只要我把头再向后仰一点，就可以亲到远子学姐。

“远、远远远远远远远远——远子学姐！”

“翻到下一页吧，心叶君。”

什么？

远子学姐将视线紧盯在报告上，在我的耳边轻轻说着。

“那个，可是，这……”

“快点啊……”

她完全沉浸其中。既然已经陷入这种状态，我再说什么也没用了。

“文学少女”的耳朵已经听不进任何话了。

“是、是。”

我也放弃了，继续读着那篇报告。

我一边感受着远子学姐像是紫罗兰一样芳香的气息，还有她温暖的体温，让那柔顺的辫子在我的脖子上搔呀搔的，跟她一起在这个被黄昏染红的小房间里，继续读着竹田同学的报告。

房间里，当淡金色的夕暮逐渐转为艳红时，我们终于把报告读完了。

远子学姐轻轻叹了一口气。

这时她才发现我正处于面红耳赤、全身僵硬的状态，急忙从我身边退开。

“啊！呀！对不起！”

她下意识地猛然后退，竟然连人带椅一起往后仰，结果就摔得四脚朝天。

“啊……”

“呜——屁、屁股撞在地上了……”

一屁股跌在地上，裙子掀起露出大腿的远子学姐痛得流泪。

“你没事吧？”

“屁股好痛喔……”

她一边拉好裙子，坐起身。

跟我眼神交会之后，她的脸瞬间变得红彤彤的，然后又很快转为温柔的眼神对我微笑。

“不过……千爱好像恢复精神了，真是太好了。”

我的嘴边也浮现笑容。

“是的。”

我拉着远子学姐的手，帮她重新站起来。

然后，我恭敬地对她递出竹田同学的报告。

“请好好享用吧，大小姐。”

在夕阳照耀之下的远子学姐莲步轻移，以比平时更优雅的姿势在椅子上坐好，才接过那份报告。

“我要开动了。”

她面带微笑地望着报告，然后再次读了第一页。

每读完一页，就把那页撕下来，从角落开始咀嚼。

“……好苦。”

她以有点难受的模样喃喃说道，一边还是一口一口地咀嚼着纸张，吞了下去。

“真的很苦……”

这份报告恐怕不如远子学姐期待的那样甜美柔软吧！

一定好吃不到哪里去的苦涩报告，远子学姐还是漠然地吃着。

远子学姐白皙的肌肤、制服，还有长长的辫子，都鲜明地染上了似乎有些寂寞的黄昏色彩。

就算是沉落地面的太阳，只要夜晚过了一定会再度升起，远子学姐在屋顶上曾经对竹田同学这样说过。

不管有什么痛苦或难过的事，跟今天截然不同的明天也一定会到来。

就这样，在反复迎接新的一天之间，或许人也会逐渐改变吧。

就连原本觉得永远无法愈合的伤痛，或许也会逐渐好转。

那一天从屋顶上跳下去的美羽，如果也能在某处笑着就好了。

就算再也无法见面。如果她可以在这黄昏天空之下的某个地方笑着。

这大概也只是我的一厢情愿吧。

我摊开一沓钉成笔记本模样的稿纸，开始提笔写字。

远子学姐一边吃着报告，一边对我问道：

“你在写什么啊？”

“这是秘密。”

“哪，心叶君……哪天也写篇小说吧。如果写了小说一定要给我看喔。”

远子学姐突然说出这番话，让我觉得心中一震。

抬起头来，就看到远子学姐温和地微笑着。

我那段令人脸红的过去，远子学姐应该还不知道吧。

所以，这一定只是她随口说说的。

远子学姐又专心地回去用餐了。

我也继续在稿纸上写字。

是不是真有那么一天，我会再度拾笔写起小说，会再想要写些什么东西，我自己也不知道。

不过，今天就帮远子学姐写个甜蜜的故事吧。

让她在吃完那篇苦涩的报告之后，当作甜点。

注释：
注 1：日文的“恋”发音和“鲤”一样，都是 KOI。
注 2：弓道礼节，是沿用了古代武士在放箭之前，先按一下腰间刀柄的动作。
注 3：故事大意是，误闯皇宫而被判死刑的美乐斯希望能回乡参加妹妹的婚礼，一位原本不信任人心的石匠却自愿替他坐牢，美乐斯为了不失信于石匠，全力奔跑回乡参加婚礼又跑回皇宫，最后两人都被国王释放。
注 4：耶稣门徒，出卖了耶稣。
注 5：指的是柯南・道尔笔下的夏洛克・福尔摩斯，以及阿嘉莎・克莉丝蒂笔下的玛波小姐。
注 6：意思是“没有当人类的资格”。

原日文版后记

大家好，我是野村美月。这个新系列是在描述“文学少女”远子学姐，还有前蒙面天才美少女作家心叶的故事。

因为跟编辑商量过，下一个系列要写出跟以前完全不同的风格，因此写出了这个故事。我们讨论的结果是，就写个比较严肃的故事吧！远子的初期设定原本也是个非常冷酷，带有杀气的角色，但是执笔之后，就变成了跟预期完全相反的乐观个性，就连广告也打上了“苦涩喜剧”的标题。

喜……喜剧？不，这个……虽然一点都不像喜剧，但是……因为……想要写“严肃”的故事……所以变成这样。在此特别强调一下。

我在想，如果可以成为一个既温馨又悲伤的故事就好了。

好啦，远子在书中长篇大论地描述了太宰治，其实我跟心叶一样，只有在教科书上读过他的作品。关于《人间失格》，我记得在高中时代有个朋友对我说过“看了这本书以后一定会很想自杀吧……”，所以我一直唯恐避之不及，心想“哇啊，简直像是受到诅咒的书嘛……”但是因为在本书中提到这本名著，我从头看了一遍，结果印象整个扭转过来。现在我已是太宰迷了哟！我最推荐他的短篇故事，还没看过的朋友们一定要找来看看。

这次的插画是竹冈美穗老师画的。充满透明感又如梦似幻的色调，美得让人不禁叹息。远子也十分符合我想象中的形象，在看到草图时就让我觉得很感动了。竹冈老师，谢谢你画出这么棒的插画！

每次开始一个新系列，我都会非常担心，不知道能不能维持到完结篇。这次我也会好好努力，如果有办法写到最后就太好了。那就再会了！

二〇〇六年　四月四日　野村美月

书中引用了以下书目，或是曾经作为参考。

《樱桃·人间失格》（太宰治著，Holp有限公司出版，昭和六十年发行初版。）

《人间失格》（太宰治著，新潮社有限公司，昭和二十七年发行初版。）

《跑吧！美乐斯》（太宰治著，角川书店，昭和四十五年发行改版初版。）

《和太宰治的爱与死之笔记　雨之玉川心中和它的真实》（山崎富荣著，长筱康一郎编，学阳书房，平成七年发行初版。）

中文简体版特别收录
小小番外

远子:大家好,我是“文学少女”中的天野远子。这一页是为了中文简体版特别写的哦!

心叶:我是被远子前辈随意差使,病情发作昏倒,被某某人勒住脖子差点杀死,总之没有过什么好待遇的……另一位主人公。

远子:哼哼。这就是让尊敬的前辈吃漂着饺子的味噌汤的报应哦。如果下次写到可以让我的舌头都融化的甜食的话,第二卷就会发生好事皆大欢喜哦!

心叶:谁知道呢……对了,一直有个疑问呢!

远子:哦?虾米事情?

心叶:在麻贵学姐的画室里作为裸体模特的时候,为什么故意要带上我呢?虽然眼前就是脱衣秀,但是也过于‘悬崖峭壁’了吧。人家都不知道要看哪里才好呢!

远子：真过分，才不是什么悬崖峭壁呢！那，那个是……（以下都是用很小很小的声音说的）我说了，我脱了之后心叶却没什么兴趣的说……

心叶：是哦……

远子：（继续小声）所以一下子上火了，多少准备要让你有点刺激嘛！但是，在我忍住害羞，努力把上衣的扣子全部解开后，心叶却坏坏地说“脱了也很光滑”之类的话……女孩子的自尊心都被毁掉了。呜呜呜（用含着泪水的眼睛愤愤地看过来）心叶这个笨蛋！

心叶：什么……什么啊，突然之间说这个……

远子：整个系列完结大概是在夏天的橘子成熟时左右吧，到时候记得要看哦！

心叶：真的是莫名其妙的话啊！

……

（作者莫名地结束了这个番外，编者和大家一样一头瀑布汗中……）

（好了，让我们一起等待下一回的特别番外吧！）

大家好。第一次和fami通文库合作。我是竹冈美穗。野村小姐指定的，要给远子学姐和心叶君他们用的制服、书本、书包和原稿用纸应该都加上去了。没有其他遗漏的吧。

以编辑为首，书本设计和印刷厂都给予我很多照顾。真的非常谢谢各位。